陈子善　著

梅川序跋

关于中国现代文学

文汇
出版社

图书在版编目(CIP)数据

梅川序跋：关于中国现代文学/陈子善著.—上海：文汇出版社,2020.8
(开卷书坊/董宁文主编.第九辑)
ISBN 978 - 7 - 5496 - 3211 - 4

Ⅰ.①梅… Ⅱ.①陈… Ⅲ.①序跋-作品集-中国-当代 Ⅳ.①I267

中国版本图书馆 CIP 数据核字(2020)第 083309 号

梅川序跋——关于中国现代文学

策　　划 / 宁孜勤
主　　编 / 董宁文
书名题签 / 锺叔河
篆　　刻 / 韩大星

作　　者 / 陈子善
责任编辑 / 鲍广丽
封面装帧 / 观止堂_未泯

出 版 人 / 周伯军

出版发行 / 文汇出版社
　　　　　上海市威海路 755 号
　　　　　(邮政编码 200041)
经　　销 / 全国新华书店
排　　版 / 南京展望文化发展有限公司
印刷装订 / 安徽新华印刷股份有限公司
版　　次 / 2020 年 8 月第 1 版
印　　次 / 2020 年 8 月第 1 次印刷
开　　本 / 889×1194　1/32
字　　数 / 130 千字
印　　张 / 8.125

ISBN 978 - 7 - 5496 - 3211 - 4
定　　价 / 50.00 元

学术自述（代序）

一次，京中一位老友在聊天时说：子善，你我这些年一直研究现代文学，都可算是文学史家了。我马上答曰：老兄当然当仁不让，我还不配。我并无中国现代文学史的专著，只主编了一册《中国现代文学编年史：以文学广告为中心（1937—1949）》而已。不过，回顾自己的学术历程，如果把我定位为中国现代文学史特别是现代文学史料研究者，那倒是对的。

一九七六年十月，我调入上海师范大学（现华东师范大学）中文系鲁迅著作注释组工作，由此正式开启我的中国现代文学研究之旅。我参与注释的是鲁迅后期书信（一九三四至一九三六年部分），以及致外国友人信，工作性质决定了我必须对这些鲁迅书信进行详细查考，可能的话，一字一句都要查明出处，弄清来历。这就逐渐培养了我对现代文学史料的浓厚兴趣，至今乐此不疲。

除了鲁迅，我先后不同程度地关注过的现代作家还有郁达夫、周作人、刘半农、徐志摩、梁实秋、台静农、林语堂、施蛰存、叶公超、叶灵凤、邵洵美、黎烈文、常风、张爱玲、黄裳、东方蝃蝀（李君维）等。至于文学社团和流派，我对创造社、新月派、新感觉派、左联、国际笔会中国分会、论语派、"张派"和共和国成立后的海外现代作家群等，也均有所涉猎。

从上述名单不难看出我的现代文学治学路向。这些作家在我研究之初，不是被湮没或打入另册，就是被曲解而任意贬损，我努力发掘他们的集外文，考证他们的笔名，编订他们的文集（或全集）、同时代人对他们的回忆录和中外研究资料集，为建立研究这些作家的文献保障体系而略尽绵力，目的只有一个：还中国现代文学史以本来面目。其实，当我把这些工作做到一定程度时，我的文学史观也就自然而然体现出来了。

我必须承认，我不擅长宏观研究，对理论探讨也缺乏兴趣。我一直认为，已有那么多同人在为此竭尽全力，少我一个根本无关宏旨。我喜欢的是呈现史料，让史料本身说话，不喜欢过度阐释，不喜欢文学史研究为这个那个服务，尤其不喜欢喝了几滴洋墨水，就生吞活剥时髦理论，不管是西方的还是东方的，过去的还是现在的。

在中国现代文学研究领域里，我为之入迷的是什么？那就是发掘、辑佚、校勘、目录、索引、版本、手稿、笔名、日记、书信、毛边本、签名本……这些中国现代文学文献学必不可少的组成部分，以前研究者很少，现在也并不很多，还有许多许多工作可做，做好了一定有不容忽视的学术价值。路漫漫其修远兮，我仍将继续在这条长途上跋涉。

（原载《关东学刊》二〇一七年第十一期）

目 录

上辑

I

下辑

上

辑

日译本《鸠摩罗什的烦恼：施蛰存历史小说集》序

施蛰存是二十世纪中国文学史上有鲜明个人风格的新文学小说家，文学史家一般认为他是"新感觉派"三杰之一，虽然他自己并不乐于承认。①

二十余年前，施蛰存在为《施蛰存文集》所写的《序言》中告诉读者：

① "新感觉派"三杰指施蛰存、刘呐鸥和穆时英。一九九〇年春，施蛰存在接受台湾作家采访时就表示："不论在大陆或台湾，许多人都拿'新感觉派'这个名词来套我们的作品，我个人对'新感觉派'这个名词并不以为然。"施蛰存：《中国现代主义的曙光：答台湾作家郑明娳、林燿德问》，《沙上的足迹》，沈阳：辽宁教育出版社，一九九五年，第一百六十五页。

施蛰存著《鸠摩罗什的烦恼：施蛰存历史小说集》日文本书影

一九二二年，我十八岁，一个中学三年级学生。在读了许多报刊文学之后，心血来潮，见猎心喜，也学写了一篇又一篇的小说、随笔，冒失地向上海一些"鸳鸯蝴蝶派"文学刊物投稿。①

这就是说，施蛰存回忆他的文学生涯始于一九二二年，而且最初是在上海的一些"鸳鸯蝴蝶派"文学刊物上起步的。但是，去年有论者发现他一九二〇年十一月三十日就在上海《民国日报·觉悟》的"小说"栏上以"施德普"原名发表了短篇小说《纸钱》，②那么他的文学生涯应该提前两年，即一九二〇年就开始了，其时他才十六岁。而且，《民国日报·觉悟》一直被公认为五四新文学和新文化"四大副刊"之一，那么，施蛰存的文学生涯毕竟还是从新文学刊物上迈出了第一步。

当然，他接着确实在《礼拜六》《星期》《半月》《兰友》等"鸳鸯蝴蝶派"刊物上活跃过一阵，他的第一部短篇小说集《江干集》问世时，也是由"鸳鸯蝴蝶派"

---

① 施蛰存：《〈施蛰存文集〉序言》，《施蛰存全集·十年创作集》，上海：华东师范大学出版社，二〇一一年，第六百三十四页。

② 参见李朝平：《新发现的施蛰存小说处女作及其他》，《现代中文学刊》二〇一六年十月第五期。

或称"旧派"的作家王蕴章、姚鹓雏等人题词的。正是因为有这么一段特殊的文学历程，他对"旧派"文学的看法就比较开放和中肯，他曾有一篇短文《新旧我无成见》，就明确显示了他对"旧派"文学的包容态度，这种难能可贵的态度，他一直坚持到晚年。

与刘半农、叶圣陶、张天翼等本来属于"旧派文学"的作家后来投入新文学阵营一样，施蛰存也在《小说月报》实行改革后，开始由"旧派"文学转向新文学创作。他在《施蛰存文集·序言》中又告诉读者：

过不了多久，《小说月报》首先转向，改由沈雁冰主编。郭沫若主持的《创造》季刊、《创造周报》也先后在上海印行。《礼拜六》停刊了。其他一些旧文学刊物也逐渐有所改革，至少在文体上，都在努力向新文学靠拢。于是，我的文学习作，也转向新文学。①

施蛰存把他的新文学创作定名为"十年创作"，即从一九二八年到一九三七年。有必要指出的是，在这十年之中，除了新诗和散文创作，除了翻译外国文学诗

① 施蛰存：《〈施蛰存文集〉序言》，《施蛰存全集·十年创作集》，上海：华东师范大学出版社，二〇一一年，第六百三十四页。

文，除了主编新文学刊物包括最为有名且影响深远的《现代》月刊，施蛰存以更多的时间和精力从事小说创作。"十年创作"也就是十年小说创作，他在当时文坛的声名和后来越来越受到关注的现代文学史地位，主要就是由他的小说创作建立起来的。

在施蛰存自己认定的足以代表他的新文学小说创作特色和成就的《上元灯》《将军底头》《李师师》《梅雨之夕》《善女人行品》和《小珍集》六部短篇小说集中，历史小说占了一个十分显著的位置。施蛰存的新文学小说创作，其实分两个维度展开：一是现实题材的，后发展成独树一帜的"心理分析"小说，其代表作有《春阳》《梅雨之夕》《在巴黎大戏院》《魔道》等；另一就是颇有创意的历史小说，用他自己的话说，就是"以古事为题材的作品"①"应用旧材料而为新作品"。②

《将军底头》是中国新文学史上第一部历史小说集，收入了《鸠摩罗什》《将军底头》《石秀》和《阿褴公主》（原名《孔雀胆》）四篇历史小说。在《〈将军底

① 施蛰存：《〈将军底头〉自序》，《施蛰存全集·十年创作集》，第六百二十三页。

② 施蛰存：《我的创作生活之历程》，《施蛰存全集·十年创作集》，第六百三十二页。

头〉自序》中，施蛰存透露：

> 自从《鸠摩罗什》在《新文艺》月刊上发表以来，朋友们都鼓励我多写些这一类的小说，而我自己也努力着想在这一方面开辟一条创作的新蹊径。①

这段话清楚地表明，施蛰存当时是有抱负、有追求的。他试图在"以古事为题材的作品"上为新文学闯出一条新路。五四新文学勃兴后，新文学家尝试创作历史小说已不鲜见。二十世纪二十年代，就有鲁迅的《不周山》（后改题《补天》）、郁达夫的《采石矶》、郭沫若的《鹓雏》（后改题《漆园吏游梁》）和冯乃超的《傀儡美人》等。进入三十年代以后，新文学历史小说更是丰富多彩，或借古讽今，或借题发挥，或别有寄托，均各擅胜场。但施蛰存的"古事小说"又有所不同，不同在哪里？当时的读者就已经看出来了，并在评论中揭橥了《将军底头》这部小说集的特点：

> 在国内，从来以古事为题材的作品（无论是戏曲或

---

① 施蛰存：《〈将军底头〉自序》，《施蛰存全集·十年创作集》，第六百二十三页。

小说），差不多全是取了"借古人的嘴来说现代人的话"的一种方法；至于纯粹的古事小说，却似乎还很少看见过，有之，则当以《将军底头》为记录的开始。《将军底头》之所以能成为纯粹的古事小说，完全是在不把它的人物来现代化：他们意识里没有现代人所有的思想，他们嘴里没有现代人所有的言语，纵然作者自己的观察和手法却都是现代的。古人的心理和苦痛，他们自己不能写，甚至不能懂，而作者却巧妙地运用现代艺术的工具写出来，使它们成为大家都能懂——只就这一点而论，《将军底头》就已经多么值得我们注意了。①

后来的研究者又把这些"古事小说"与施蛰存所服膺的"心理分析"创作手法勾连起来考察，进一步指出：

施蛰存又擅长以历史人物改写小说，被认为是"历史小说"，事实不然。盖施氏的小说除了借用"历史"人物的名字，或者其形迹大纲外，其他完全与历史不符，也意不在历史本身。以《石秀》一篇为例，其故事

---

① 佚名：《施蛰存：〈将军底头〉》（书评），《现代》一九三二年九月第一卷第五期。

取材于《水浒传》潘巧云事件，甚至连语言也刻意模仿《水浒传》，使读者仿佛回到水浒世界中。但究其实，《石秀》所传达的主题，乃是男性的虐待狂意识与审美的特殊观点。《鸠摩罗什》《将军底头》则处理人类欲望与道德、种族与国家以及爱情间的冲突，这些症候固然在古人身上也可能存在，可是，有心正视并有效地挖掘这些症结者，乃是始于现代派作家，尤其是心理分析的作家。人类心灵的复杂化，不仅在二十世纪，而且在城市中最显剧烈。我们说施蛰存是以古人之旧瓶，装今人之新酒，绝不为过。[1]

收入《鸠摩罗什》集子，以及后来所作的《黄心大师》等"古事小说"，都是实验性极强的作品。在这些小说中，施蛰存从西方"心理分析"理论和"心理分析"小说家那里汲取灵感，重新塑造中国历史上确实存在过的人物，如唐代的西域高僧鸠摩罗什；中国古典小说中的人物，如名著《水浒传》中的"天彗星"石秀，赋予这些人物以新的生命、情感和结局。这些新的历史

---

[1] 郑明娳、林燿德：《〈中国现代主义的曙光：答台湾作家郑明娳、林燿德问〉前言》，《沙上的足迹》，第一百六十三至一百六十四页。

人物形象栩栩如生，虽然也不无争议。可以肯定的是，施蛰存的"古事小说"独辟蹊径，是极有价值的新文学创作探索，也已成为中国现代历史小说园地中令人耳目一新的奇花异卉。

然而，施蛰存并不以创作了这些"古事小说"为满足，他还有更大的雄心。他对宋朝的历史特别感兴趣，酝酿写作"古事长篇小说"《销金锅》，他后来这样回顾他的创作计划：

度过三十岁生辰，我打算总结过去十年的写作经验，进一步发展创作道路，写几个有意义的长篇小说，以标志我的"三十而立"。我计划先写一本《销金锅》，以南宋首都临安（今杭州）为背景，写当时的国计民生情况。正在累积史料，动手写起来，想不到爆发了抗日战争。我的职业变了，生活环境变了，文学创作的精神条件和物质条件也都变了。①

而且，一九三六年一月十五日出版的上海《良友图画杂志》第一百一十三期已经刊出了《销金锅》出版预

---

① 施蛰存：《〈十年创作集〉引言》，《施蛰存全集·十年创作集》，第六百三十六页。

告。《销金锅》被列为良友图书公司出版的"良友文学丛书"第二集之第五种，前四种分别是徐志摩的《爱眉小扎》、叶圣陶的《四三集》、巴金的《爱情三部曲之一》和周作人的《苦竹杂记》，可见出版方对这部长篇小说的器重和期待，预告词是这样说的：

本书是作者第一个长篇创作，以南宋时代的临安城作背景，从一些小百姓的日常生活中反映一个亡国的社会状况。作者以写历史小说著名，这部长篇，更是他的精心之作。①

可惜施蛰存未能及时完稿，而全面抗战的爆发更使他的《销金锅》的写作被迫中止。这部长篇历史小说无法问世，不仅是施蛰存个人历史小说创作的重大损失，也是中国现代文学长篇小说创作成果的损失。

而今，日本大阪大学青野繁治教授慧眼独具，翻译了《鸠摩罗什的烦恼：施蛰存历史小说集》，即将在日本出版。据我所知，施蛰存小说已有英译、意大利文译，这部日译历史小说集的问世，无疑是中日文学交流

① 《良友图画杂志》一九三六年一月十五日第一一三期封底"良友文学丛书"广告。

一件很有意义的事。因此，在施守珪先生的建议下，我写了这篇小文，略为介绍施蛰存创作历史小说的经过，并对青野教授的努力表示赞赏和感谢。希望日本读者能够喜欢这部中国现代文学文采斐然的独特成果《鸠摩罗什的烦恼》。

二〇一七年七月十五日于海上梅川书舍

（原载上海《书城》二〇一七年十月第一三七期，日译版刊于《鸠摩罗什的烦恼：施蛰存历史小说集》，日本京都朋友书店，二〇一八年三月初版）

《孙大雨译文集》序

　　莎士比亚是如何进入中国的？这是一个大课题，可以写一本厚厚的研究专著。如果把考察视野缩小到新文学范围之内，那么，田汉、张采真、邓以蛰、顾仲彝、朱湘、徐志摩、曹未风、曹禺、杨晦、吴兴华、林同济等译者或大或小的贡献都应该提到。朱生豪、梁实秋和孙大雨三位的大名更是非提不可，他们三位可称为二十世纪中国翻译莎士比亚的三大家，鼎足而立，至少我是这样认为的，而孙大雨是三位中唯一坚持用韵文体翻译莎士比亚的译者。

　　在追溯孙大雨先生的莎译经历之前，不妨先回顾一下胡适主持的"中华教育文化基金董事会（即美国庚子赔款委员会）编译委员会"对翻译莎士比亚的大力推动，这与大雨先生投身莎士比亚翻译事业也有直接关系。胡适一九三〇年十二月二十三日致梁实秋信中说得很清楚：

编译事，我现已正式任事了。公超的单子已大致拟就，因须补注版本，故尚未交来。顷与 Richard 谈过，在上海时也与志摩谈过，拟请一多与你，与通伯、志摩、公超五人商酌翻译 Shakespeare 全集的事，期以五年十年，要成一部莎氏集定本。此意请与一多一商。

最重要的是决定用何种文体翻译莎翁。我主张先由一多、志摩试译韵文体，另由你和通伯试译散文体。试验之后，我们才可以决定，或决定全用散文，或决定用两种文体。①

胡适这封信真是太重要了，他提出翻译莎士比亚全集的设想，又提出是用韵文体还是散文体翻译，应先行"试译"。但他提出由闻一多、徐志摩、梁实秋、陈西滢（通伯）和叶公超五位合作，共襄盛举，却未如人

---

① 梁实秋：《怀念胡适先生》附录《胡适致梁实秋信》，《梁实秋文学回忆录》，长沙：岳麓书社，一九八九年，第一百五十二页。

意。陈西滢马上打退堂鼓，只答允担任"校对"。① 闻
一多和叶公超后来也未参与。徐志摩倒真的做了尝试，
可惜他只翻译了《罗米欧与朱丽叶》的一小部分（第二
幕第二景），虽然是引人注目的韵文体，却因飞机失事
而无以为继。② 五人之中，真正把翻译莎士比亚作为毕
生志业的是梁实秋。在胡适的鼓励和支持下，经过三十
年的努力，梁实秋终于成为中国第一位完整译出莎翁所
有剧本的翻译家。③

　　然而，胡适支持的翻译莎士比亚的译者，不仅仅是
梁实秋一位，还有孙大雨。胡适一九三一年三月二十一
日致梁实秋信中表示，已拟订了翻译莎士比亚的十条计
划，第十条就是"预备收受外来的好稿"。④ 孙大雨应
该就是不属于最初所拟五位的"外来的好稿"译者，而

　　① 梁实秋：《怀念胡适先生》附录《胡适致梁实秋信》，《梁实
秋文学回忆录》，长沙：岳麓书社，一九八九年，第一百五十三页。
　　② 徐志摩译：《罗米欧与朱丽叶》，《新月》一九三二年一月
第四卷第一号，又刊《诗刊》一九三二年七月第四期，均在徐志
摩殁后作为"遗稿"发表。
　　③ 梁实秋在《怀念胡适先生》一文中说："领导我、鼓励
我、支持我，使我能于断断续续三十年间完成莎士比亚全集的翻
译者，有三个人：胡先生、我的父亲、我的妻子。"《梁实秋文学
回忆录》，第一百四十九页。
　　④ 梁实秋：《怀念胡适先生》附录《胡适致梁实秋信》，《梁
实秋文学回忆录》，第一百五十三页。

居中起了重要作用的是徐志摩。

一九三一年四月，徐志摩主编的上海《诗刊》第二期发表了孙大雨的《译 King Lear（Act Ⅲ，sc. 2）》（即第三幕第二景）。必须指出，这是孙大雨节译的莎士比亚剧本的首次公开发表。徐志摩在该期《诗刊》的《前言》中特别对此做了说明：

孙大雨的《King Lear》试译一节也是有趣味的。我们想第一次认真的试译莎士比亚，此后也许借用《诗刊》地位发表一些值得研究的片段。①

徐志摩所说的"我们想第一次认真的试译莎士比亚"，不就是胡适所提出的翻译莎士比亚全集的计划吗？而请孙大雨用韵文体试译《李尔王》片段，也不就是胡适设想的用韵文体试译莎士比亚的最初实施吗？与此同时，徐志摩自己也在用韵文体试译《罗米欧与朱丽叶》，只不过他生前未及发表。

徐志摩比孙大雨大八岁，但他对孙大雨一直刮目相看。早在一九二六年四月十一日，他就在自己主编的

① 徐志摩：《〈诗刊〉前言》，《徐志摩全集》第四卷（散文），北京：商务印书馆，二〇一九年，第四百〇三页。

《晨报副刊·诗镌》上发表了孙大雨第一首格律严谨的十四行诗《爱》。到了一九三一年一月，他又在《诗刊》创刊号上以头条篇幅刊出孙大雨的三首十四行诗代表作《诀绝》《回答》和《老话》。同年四月，《诗刊》第二期又以头条篇幅开始连载孙大雨的长诗《自己的写照》。由此可见，徐志摩对孙大雨的中、英文诗造诣充分肯定，请孙大雨用韵文体试译莎士比亚，可谓所选得人。

一九三一年十月，徐志摩主编的《诗刊》第三期再次以头条的显著篇幅发表孙大雨翻译的《罕姆莱德（第三幕第四景）》，这可进一步说明徐志摩对孙大雨的格外器重，特别礼遇。在该期《诗刊》的《叙言》中，徐志摩再次对孙大雨译莎士比亚不吝赞词：

本期的编者又得特别致谢孙大雨先生，因为他不仅给我们他的"声容并茂"的《自己的写照》的续稿，并且又慷慨的放弃他在别处可换得的颇大的稿费，让给我们刊载他的第二次莎士比亚试译，这工作所耗费的钟点几乎与译文的行数相等。这精神是可贵的，且不说他的译笔的矫健与了解的透彻。我们敢说这是我们翻译西洋名著最郑重的一个尝试；有了他的贡献，我们对于翻译莎士比亚的巨大的事业，应得辨认出一个新的起点。①

　　孙大雨这两次试译《黎琊王》和《罕秣莱德》片段，②是他翻译莎士比亚剧本的开始，初露锋芒，比梁实秋出版所译莎士比亚剧本早了整整五年，③自有其别样的意义。经过这两次试译，孙大雨最后确定先用韵文体全译"莎氏的登峰造极之作"④《黎琊王》，这从他后来写的《译莎剧〈黎琊王〉序》中可以得到证实。孙大雨回忆道：

　　我最早蓄意译这篇豪强的大手笔远在十年前的春天。当时试译了第三幕第二景的九十多行，唯对于五音步素体韵文尚没有多大的把握，要成书问世也就绝未想到（如今所用的第三幕第二景当然不是那试笔）。七年前机会来到，竭尽了十四个月的辛勤，才得完成这一场

---

　　①　徐志摩：《〈诗刊〉叙言》，《徐志摩全集》第四卷（散文），第四百二十五至四百二十六页。

　　②　《黎琊王》和《罕秣莱德》是孙大雨对莎士比亚这两部名剧译名的定译，本文沿用。

　　③　梁实秋所译首批莎士比亚剧本两种：《威尼斯商人》和《马克白》，一九三六年六月同时由上海商务印书馆初版。

　　④　孙大雨：《译莎剧〈黎琊王〉序》，《民族文学》一九四三年七月第一卷第一期。

*心爱的苦功。*①

　　孙大雨这篇译序落款时间为一九四一年十月二十六日，"十年前的春天"正好是一九三一年春，与《诗刊》第二期发表他翻译莎士比亚的处女作《译 King Lear》（节译）时间上完全吻合。而"七年前""竭尽十四个月辛勤"译完《黎琊王》全剧，应是一九三四至一九三五年间。② 这有一个有力的旁证。一九三六年一月上海《宇宙风》第八期刊出"二十四年我的爱读书"，孙大雨给出的答案如下：

一、Shakespeare：King Lear

二、Marcel Proust：The Remembrance of Things Past

三、庄子

四、楚辞

---

　　① 孙大雨：《译莎剧〈黎琊王〉序》，《民族文学》一九四三年七月第一卷第一期。

　　② 孙大雨晚年回忆道："我开始尝试用音组这一格式对应莎剧诗行中的音步，作了莎剧翻译的实践，那是在一九三四年九月。我首先翻译了莎氏著名悲剧《黎琊王》（King Lear），至一九三五年译竣。"孙大雨：《莎剧琐谈》，《孙大雨诗文集》，石家庄：河北教育出版社，一九九六年，第二百五十九页。

孙大雨译莎士比亚《黎琊王》书影

这就告诉我们，在整个一九三五年，孙大雨应都在钻研《黎琊王》并加以翻译。这一年，他还用功阅读了法国作家普鲁斯特的名著《追忆逝水年华》英译本，以及两部中国古典文学经典《庄子》和《楚辞》，① 足见其文学视野之宽广，涵盖古今中外。

孙大雨苦心孤诣翻译的《黎琊王》（上下卷），后又经过"两度校改修订"，② 至一九四一年十月才最终完成译稿，和译序、注解以及附录一并交付商务印书馆。一九四三年七月，《译莎剧〈黎琊王〉序》在重庆《民族文学》第一卷第一期先行发表。但由于全面抗战战事的影响，整部《黎琊王》迟至一九四七年十一月才由上海商务印书馆推出。孙大雨在写于一九四七年十二月十五日的译序"附言"中，特别对"中华教育文化基金董事会"和董事会的胡适之、任叔永两位表示了感谢。

徐志摩关于莎剧翻译的"一个新的起点"的预言没有落空，《黎琊王》译本的问世，不仅是孙大雨翻译莎士比亚的第一个完整的成果，也是莎士比亚作品汉译史上的一件大事。因为这是第一部用白话韵文体翻译的莎

———————

① 孙大雨后来有《屈原诗选英译》行世。
② 孙大雨：《莎剧琐谈》，《孙大雨诗文集》，第二百五十九页。

士比亚诗剧中译本，正如梁实秋后来所承认的："孙大雨还译过莎士比亚的《琅邪王》，用诗体译的，很见功。"①

此后，孙大雨对莎剧的翻译因政治风暴而被迫中断多时，直到二十世纪六十年代初，他才重执译笔，译出了《罕秣莱德》。上海译文出版社出版《罕秣莱德》集注本则迟至三十年之后的一九九一年五月，换言之，与他最初试译《罕姆莱德》已相隔了整整六十年！不幸之中大幸的是，他的另外四部莎剧即《奥赛罗》《麦克白斯》《暴风雨》《冬日故事》集注本译稿也劫后幸存，加上改革开放后他老骥伏枥，新译出了《罗密欧与琚丽晔》《威尼斯商人》两部简注本，均于九十年代陆续问世。这八部孙译莎剧都是韵文体，体现了孙译莎士比亚的鲜明特色，也在中译莎剧的百花园中独树一帜，并对后来的莎剧翻译者提供了启示。

必须着重指出的是，与其他一些莎剧译者不同，孙大雨不仅有莎剧翻译实践，还有自成一说的翻译理论，而这理论与他的新诗格律说即他始终主张的"音组"理

---

① 梁实秋：《略谈〈新月〉与新诗》，台北《联合报》副刊一九七六年八月十日。转引自《梁实秋文学回忆录》，第一百二十二页。

论是一致的。孙大雨那篇五万余字的长文《论音组》，
副题就是"莎译导言之一"，本拟置于《黎琊王》译本
之首，① 而他晚年回忆，他最早"公开实践了我以语辞
音组的进行造成诗歌节奏的具体行动"，就是"一首意
大利式的商乃诗（十四行诗）《爱》"，至于在理论上
"作出'音组'（字音小组）那个定名乃是以后的事，我
记得是于一九三〇年在徐志摩所编新月《诗刊》第二期
发表莎译《黎琊王》一节译文的说明里"。② 但是，查
《诗刊》第二期上《黎琊王》译文前后并无这则说明，
反而出人意料的，在《诗刊》第三期《罕姆莱德》译文
末尾有段《跋》讨论了这个问题。可见时隔多年，孙大
雨把《〈罕姆莱德〉跋》误记成《黎琊王》的"说明"
了。这段《〈罕姆莱德〉跋》从未收入孙大雨的集子，

---

① 孙大雨的《论音组》本拟作为《黎琊王》译本的"导
言"，应在一九三五年《黎琊王》译本初稿完成前后即已动笔，最
晚在译稿一九四一年十月定稿时已完成。但因"太长而须独立成
书"，又因战乱延宕，以至迟迟无法问世。第一部分文稿清样改革
开放后才发现，另一部分文稿清样在大雨先生逝世后又从其遗物
中发现，现已合璧收入《诗·诗论》，二〇一四年一月由上海三联
书店初版。

② 孙大雨：《格律体新诗的起源》，《文艺争鸣》一九九二年
第五期，转引自《孙大雨诗文集》，第三百一十七至三百一十
八页。

是他的一则集外文，应可算一个小小的发现，① 照录
如下：

　　我用的是牛津大学图书局 W. J. Craig 的版本，因
为手头没有集注本（Variorum Shakespeare），不曾仔
细参考；以后有机会翻译全剧，当重校一遍。我的方法
不是直译，也不象意译，可以说是"气译"：原作的气
质要是中国文字里能相当的保持，我总是尽我的心力为
它保持。Literal meaning 稍微出入些，我以为用诗行翻
译诗行是可以允许的。举两个例：原文"Would from a
paddock, from a bat, a gib……"，我译成"……那样
一只懒蛤蟆，一只偷油的蝙蝠，一只野公猫"。又原文
"call you his mouse"，我译为"称你作他的小猫小狗"。
我希望抛砖能够引玉。

　　在这段《跋》里，孙大雨不仅交代了他试译《罕姆
莱德》所使用的英文版本，更重要的是，首次对他试译
莎士比亚诗剧所遵循的基本原则做了说明。虽然《跋》

---

① 三十年前，拙作《硕果仅存的"新月"诗人孙大雨》（刊
台北《文讯》一九九〇年三月号）就已引用过《〈罕姆莱德〉跋》，
但未能把此《跋》与孙大雨的"音组"说联系起来考察。

里没有直接出现"音组"这样的提法，但应可视为孙大雨"音组"理论的滥觞，所谓"气译"也即"原作的气质在中国文字里能相当的保持"，可以理解为把英文诗中的"音步"转换成中文诗里的"音组"；所谓"用诗行翻译诗行是可以允许的"，再往前推一步，也就是主张用中译诗中的"音组"来对应莎剧诗行中的"音步"。因此，应可这样认定，孙大雨从一开始就自觉地尝试用格律韵文来翻译莎士比亚的素体韵文诗剧。到了《论音组》《译莎剧〈黎琊王〉序》等文中，孙大雨正式提出"音组"说，对"韵文为有音组的文字"和莎剧翻译中"音组的形成"及其特点从理论上加以阐发，则是他的翻译理论的进一步系统化。从《论音组》开始，经过《诗歌的内容与形式》，直到晚年的《关于莎士比亚戏剧的几个问题》《莎士比亚戏剧是话剧还是诗剧》等一系列论文，孙大雨不断论证、深化和完善自己的"音组"说，从而在理论上与他的八部莎剧翻译相互辉映。

综上所述，不妨用孙大雨自己深入浅出的阐释对他翻译莎士比亚最了不起的贡献做个小结：

莎剧原作每行五个音步，我的译文每行也正好是五个音组。总之，我认为：既然莎剧原文大体上是用有格律的素体韵文写的戏剧诗或诗剧，那么，译成中文也应当呈现他的本来面目，译成毫无韵文格律的话剧是不合式的，应为原文韵文行的节奏，语言流的有规律的波动，若变成散文的话剧，或莫名其妙的分行的散文的话剧，便丧失掉了原作的韵文节奏，面目全非了。①

我与孙大雨先生可算是忘年交。自二十世纪八十年代中期也即他老人家调入华东师大之后，为研究"新月派"，我常去拜访这位硕果仅存的"新月派"诗人。记得他那时已搬进华山路吴兴路口的"高知楼"小区，与王元化先生、赵清阁先生等同住一幢楼。大雨先生虽已年过八秩，仍每晚勤奋工作，次日上午休息。所以我一般是下午三时以后到访。每次见面，往往开始时我问他答，后来就是他说我听了。他臧否人物，从来不留情面，但每当谈起胡适和徐志摩，他都会激动，连声称赞他们是好人。

记得台湾学者秦贤次兄和吴兴文兄拜访大雨先生，都是我引领的，后者当时任职台湾联经出版公司，由此

①　孙大雨：《暮年回首——我与梁实秋先生的一些交往》，陈子善编：《雅舍小说和诗——梁实秋早期作品（一九二一至二五）》，台北：九歌出版社，一九九六年，第十页。

二十世纪九十年代初与孙大雨（中）、台湾学者秦贤次（左）合影

促成了大雨先生的莎译剧本在台湾出版繁体字版。北京刘福春兄编现代诗人手稿集，① 也是我去请大雨先生抄录了十四行诗《诀绝》的前几句。特别应该提到的是，我编选梁实秋早期新诗和小说集，② 大雨先生不顾九十高龄，应我之请撰写了《暮年回首——我与梁实秋先生的一些交往》作为代序，使我衷心感铭。他对自己屡遭迫害，以至未能译出更多的莎剧，一直深以为憾，曾不止一次地向我表示：如果我译完全部莎剧，就不让实秋这位同道专美于前了！但我想，即便只译出八部，大雨先生也已彪炳莎士比亚翻译史。

上海译文出版社即将推出八卷本《孙大雨译文集》，这是对大雨先生英译中、中译英丰硕成果的新的大检阅。改革开放以后，获得平反的大雨先生在施平先生安排下，调入华东师大外文系，得以潜心他的翻译和研究工作，而他的莎士比亚译本最初就是由上海译文社陆续推出的。现在，又由上海译文社出版他的搜集完备的译文集，使上海译文社和大雨先生再续前缘，并以这部大

---

① 刘福春编：《新诗名家手稿》，北京：线装书局，一九九七年。

② 陈子善编：《雅舍小说和诗——梁实秋早期作品（一九二一至二五）》，台北：九歌出版社，一九九六年。

书的问世纪念这位杰出的翻译家一百一十五周年诞辰，真是再合适不过，也实在是嘉惠学林的大好事。我当然拍手称好，乐观其成。

我自知才学不逮，不是为大雨先生译文集作序的理想人选。但孙近仁先生力邀，却之不恭，只能把他翻译莎士比亚尤其是翻译《黎琊王》的经过略加梳理如上，以表示我对大雨先生的敬重和深切怀念。

庚子清明后一日于海上梅川书舍

《金性尧集外文补编》引言

金性尧（一九一六—二〇〇七）是二十世纪中国有名的杂文家、古典文学研究家、文史随笔家和编辑家。自二〇〇九年至二〇一三年，《金性尧全集》（九卷本）和《金性尧集外文编》（四卷本）先后问世。而今，《金性尧集外文补编》（以下简称《补编》）又要与读者见面了，实在令人高兴。

《补编》收入了金性尧一九三六年至一九六三年间所发表的《金性尧集外文编》未及收录的集外文，大致分为如下三个阶段：

第一阶段为一九三六年三月至一九四五年八月，在

上海古籍出版社
地址：瑞金二路272号　　电话：370013　电报挂号：5807

子善兄：

前承汤兄偕至霁光兄处世蒙接见

实以霁光兄上图必有收藏乃无独

人窗借不易兄至通过单位关系

不难借得我总希望有三○年代书子，

也可写一篇二千字文章，派有

费用视用杲承担各函都统犹祈

以非如顺请

文安

第　墨恒尧奋

十月十四日

上海《小日报》《大晚报》《晶报》《立报》《铁报》《社会日报》《鲁迅风》《正言报》《小说日报》《万岁》《海报》《国报周刊》《新中国报》《中华日报》《大陆画刊》《繁华报》等报刊上发表的集外诗文。

第二阶段为一九四九年十一月至一九五二年二月在上海《大报》《亦报》上发表的专栏文字。

第三阶段为一九六〇年一月至一九六三年三月在上海《新民晚报》上发表的文史小品。

值得注意的是，金性尧这些文字都是用笔名发表的，除了人们已熟知的文载道之外，金性尧在第一阶段使用了金性克、性克、毛杆、秦坑生、既激、康苏、阿刺、康既激、谷曼甫、叩关、拔心、危涕、浙孺、撞庵等笔名；在第二阶段使用了闻蛩、苏式等笔名；在第三阶段使用了唐木、辛屋等笔名。作家使用不同的笔名发表作品是现代文学史上一个突出的常使研究者陷入困惑的现象，金性尧笔名之多也再次证实了这一点。本书编者经过认真细致的考证，确定这些使用笔名的文字均出自金性尧之手，这对金性尧研究无疑是个重要的推进。

金性尧这些集外文古今中外，史实掌故，无所不谈，再次显示了他的读书之多，见识之广。其中大部分又都是小报的专栏文字，在有限的篇幅之内，或描写景物，或发表见解，或借古喻今，或有所寄托，都能言之有物，游刃有余。诚然，二十世纪五十年代初的那些专栏文字，难免当时的时代痕迹，却确实是作者当时的心声，是研究共和国初期城市史、社会文化史和知识分子心态史的有价值的参考史料。而作为一位难得的文史杂家，金性尧多方面的创作实绩在这部《补编》中也得到了进一步的显示。

我从事中国现代文学史研究，《补编》中涉及这方面的文字虽然不多，却也有不少引起我关注的篇章。如《题〈吉辛随笔〉》《记重版〈新青年〉》《海内孤本记〈离骚〉并无之误》《历史小说》（讨论新文学历史小说）、《记江绍原》《阿英论弹词》《谈〈四世同堂〉》《人书两悼》（纪念作家陆蠡）、《现代文网史》《文白的得失》《茅盾的〈大泽乡〉》《灯台守》（谈周作人和施蛰存译本）、《血写成的历史》（评丁玲和沈从文作品）诸篇，尤其是写鲁迅的《鲁迅与嵇阮》《移葬鲁迅墓地》《鲁迅下葬回忆》《内山完造与鲁迅》等，都提供了有价值的史料，或发表了有启发的见解。《补编》中不少文章都以现代文学作家作品中的话开篇，也是我浏览金性尧这批新的集外文又一个较深的印象。

金性尧真是一位勤奋的作家，毕生笔耕不辍，《补编》是新的有力的证明。《金性尧集外文补编》的出版，一定会有助于金性尧研究的展开，也一定会有助于当下方兴未艾的对海派文学和文化的研究，我以为。

二〇一九年十月三十日于海上梅川书舍

（原载《金性尧集外文补编》，上海辞书出版社，二〇一九年十二月初版）

琐忆二十世纪八十年代与黄裳先生的交往

——《榆下夕拾》代序

二〇一九年六月十五日是黄裳先生一百周年诞辰。济南凌济兄是"黄迷",不是一般的"黄迷",而是十分入迷、近乎痴迷的资深"黄迷"。他起意编一部《榆下夕拾》作为纪念,并为黄裳研究的深入提供新的史料。因我与黄先生有交往,他要我写些话。当然,这是义不容辞的。

我拜访黄先生,向黄先生请教,始于二十世纪八十年代初。但是,我那时自以为记忆力强,不记日记,以致到了年过七十的今天,许多交往细节早已不复记忆。值得庆幸的是,三年前,陆灏兄摘示黄先生八十年代日记中关于我的若干记载,正好可以据此追忆当年面聆黄先生教诲的一些情景。以下就照录黄先生相关日记，并略做回顾和考释。

一九八二年

十一月廿二日："得陈子善信（郁达夫集编者），复之。"

十一月廿四日："下午陈子善来访，谈有关郁达夫事。渠为文集编者之一，以《郁达夫忆鲁迅》小册相赠，谈至五时始去。"

这应该是我首次打扰黄先生。先写信求见，黄先生当天就作复，我第二天收到，第三天就登门拜访。那时平邮信件真快，如在今天，就非快递不可了。首次求见，话题就围绕郁达夫。郁达夫是黄先生很感兴趣的文坛前辈，他晚年还写过关于郁达夫《忏余集》的长篇"拟书话"，对达夫的名文《钓台的春昼》《迟桂花》等都有精到的品评。因此，那天下午在黄宅"谈至五时始去"，黄先生一定也是谈兴甚浓。

《郁达夫忆鲁迅》是我与王自立先生合作编注的一本小书，收入达夫所写的关于鲁迅的长文短制，胡愈之先生题签，一九八二年一月花城出版社初版。

一九八三年

五月十五日："发陈子善信，约期来取郁达夫题《湘弦别谱》拍照。"

五月十八日："上午陈子善来，谈半小时去。以郁达夫题《湘弦别谱》一册借之拍照。他谈到了一些问题，朱自清、徐志摩等日记都被删节后重印，结果许多有价值的东西删落了。主要的正是对时人的评论，这是可以写一文的。"

七月五日："陈子善来访，还来书二本；又赠达夫资料二本，复信谢之。"

这三段日记都与我向黄先生借《湘弦别谱》一事有关。应该是首次拜见黄先生时，他主动提及藏有郁达夫旧藏《湘弦别谱》，我才半年之后斗胆去信索借。线装《湘弦别谱》一册，清朱缓自刻词集，黄先生认为是"罕传佳本"，又系"风雨茅庐中出者，更可珍矣"。我不研究词学，但那时我与王自立先生合编的《郁达夫文集》还在陆续出版中，急需有意思的书影作为插图。《文集》前几卷中，责编疏忽，竟选用了一种盗版本书影，闹了笑话，后来《文集》重印精装本时才抽换。《湘弦别谱》既是达夫旧藏，封面又有他亲笔题签，无疑可作别具一格的书影之用，所以才贸然开口，没想到黄先生一口应允。黄先生藏书多，好不容易检出后通知我去取。我拍好照归还时，黄先生不在家，是师母接待的。奉呈的"达夫资料二本"，极可能是《郁达夫研究资料》上下册（与王自立先生合编，天津人民出版社一九八二年十二月初版）。黄先生还特别复信致谢，老一辈讲究礼数，由此可见一斑。可惜《湘弦别谱》书影《郁达夫文集》未能用上，后来用在一九九五年三月三联书店出版的《卖文买书——郁达夫和书》中，总算没有辜负黄先生的一番美意。

关于"朱自清、徐志摩等日记都被删节后重印"事，应是我告诉黄先生，朱自清日记整理发表过程中出现了问题。一九六三年十一月，上海文艺出版社版《中国现代文艺资料丛刊》第三辑刊出王瑶先生"选录"的《朱自清日记选录》；一九八一年《新文学史料》总第十期起又连载陈竹隐先生整理的《朱自清日记》。虽然陈先生已在她的《前言》中说"我把日记中纯粹属于个人生活记载的若干文字删掉了"，虽然两位都是"选录"，所选有所不同本在情理之中，但当我把王选本与陈选本加以对照，发现一九三三年一月二十八日全天和一月二十九日一大段总共将近一千二百余字日记陈选本未录时，我仍感到惊讶。我向黄先生表示了自己的困惑，黄先生认为"这是可以写为一文的"。后来，一九九八年三月江苏教育出版社初版《朱自清全集》第九卷刊登的朱自清日记中，这一千二百余字仍未恢复。

一九八五年

九月十一日："得陈子善信，复之，赠《珠还记幸》一册。他说最近在北京三联服务部欲买此书，已售缺了。不料此书销路如此，过去曾为书价太高而担心，可见自有读书，不计较此种事也。"

黄先生著《珠还记幸》北京三联书店一九八五年五月初版，厚达五百二十四页，价三元二角，在当时算较贵的书，所以黄先生对此书销路有点担心。但是出乎他意料的是，此书大受欢迎。我在北京未能买到，只能厚着脸皮向他讨书。为写此文，检出他三十四年前送我的这本《珠还记幸》，前环衬有他的钢笔题签：

赠子善同志　　　　　　黄裳　一九八五，九月

更让我意外的是，书中扉页之后还夹有一通黄先生九月十一日当天复我的短信，多年来我无数次查阅此

书，竟一直没注意到！现把此信一并照录如下：

子善同志：

　　信悉。

　　小书一册寄上请哂存。此书竟在京售缺，亦出意料。

　　你说国内有些学术刊物发表评说我的散文的文章，我因孤陋，未见，有暇盼以目录见示，感甚。

　　匆祝

刻安

　　　　　　　　　　　　　　黄裳　九月十一日

　　当时什么刊物发表了谁写的评论黄裳先生散文的文章，已无法记起，但黄先生的嘱托，想必是办理了。

　　一九八六年

　　四月四日："得陈子善信，告台湾《联合文学》（86/2）二卷四期转载我的散文六篇，题为'书卷墨痕——黄裳散文六篇'……"

　　四月十三日："寄陈凡、陈子善、俞平伯信。"

　　四月廿九日："下午陈子善来谈，赠《联合文学》（16

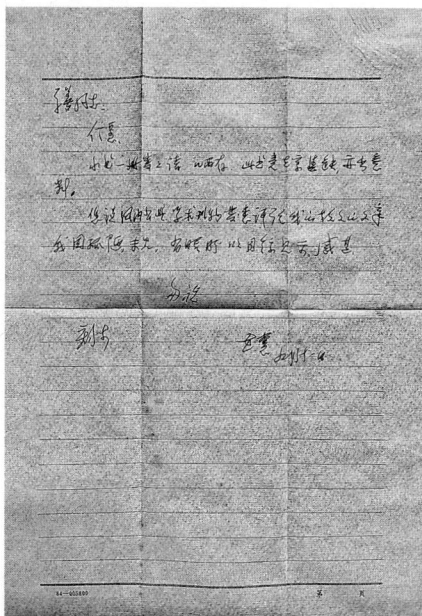

黄裳一九八五年九月十一日致作者函

期）一册，有选我的散文六篇。赠以《河里子集》一册。谈至五时许去。"

这三段日记都与黄先生散文在台湾转载一事有关。台湾大型文学月刊《联合文学》创刊于一九八四年十一月，诗人痖弦主编，编辑委员为梁实秋、夏志清、陈映真、余英时、白先勇、王文兴、李欧梵等，阵容强大，至今仍是台湾屈指可数的文学杂志。《联合文学》创刊号就刊出"作家专卷"，较为全面地推介作家兼画家的木心，后又辟有不定期的"大陆文坛"专栏，在转载黄先生散文之前，转载过作家魏金枝、陈白尘、仇学宝、张弦、李存葆、贾平凹和学者冯友兰等的作品。一九八六年二月《联合文学》第十六期"大陆文坛"栏刊登了以"书卷墨痕——黄裳散文六篇"为总题的黄先生六篇新时期创作的散文，即《珠还记幸》《我的端砚》《如梦记》《诚则灵》《"雅贼"》《"危险的行业"》。难得的是，专辑之前，还有一则以"编辑室"名义加的按语，不长，照录如下：

老作家黄裳在散文创作之外，也是知名的版本学家和藏书家。因为特别喜欢"旧"，到了"破四旧"的"文革"爆发时，自是在劫难逃，抄家后发放"干校"

"劳改"。近年复出后，执笔为文，免不了涉及"文革"，但鲜有直笔，多寄托于旧时文物、故人翰墨的怀念。笔触含蓄内敛，每在平淡中另有所讽。另有一些短文，对"文革"的愚民政策，晚近的文物失落，都在可能的尺度里，委婉地抗议。本期所刊诸文，选自黄裳一九八五年在香港出版的散文集。

从文笔的老到推测，这则按语很可能出自痖弦先生本人手笔。这是黄裳先生的作品首次进入台湾，黄先生想必是高兴的。"一九八五年在香港出版的散文集"为《珠还集》，香港三联书店一九八五年五月初版，六篇散文均收在此书之中。此书我记不起得之何处，但二〇〇四年秋拜访黄先生时，请他在此书上补题：

此香港印本，与内地不同，亦版本异同之一事。

子善兄藏

黄裳　甲申秋盛暑

四月二十九日黄先生日记中所记的赠我的《河里子集》系散文和杂文合集，一九八六年一月香港博益出版公司初版，为黄先生晚年所出集子中开本最小的一种。那天下午又"谈至五时许去",可见黄先生又一次谈兴甚浓。

一九八六年

七月廿二日："寄俞平伯、锺叔河、陈子善信，为编知堂集外文事。"

八月七日："下午陈子善来，长谈，商编印知堂集外文事。又知海外文坛诸事。孔罗苏刘白羽等在巴黎与海外学人争论梁实秋评价事。又说柯灵近撰一文论梁实秋，将在港报发表云。"

从这两段日记可知，至少在一九八六年七月之前，已有编辑知堂集外文之议。此事是锺叔河先生提议的。锺先生嘱我参与，更希望得到俞平伯先生和黄先生的指点及帮助。一定是锺先生或我先向黄先生提出，所以才有黄先生七月廿二日给我们三人的信。而到了八月七日，我又造访黄先生，与他进一步讨论此事。

在此期间，我向锺先生推荐并做了增补的《知堂杂诗抄》书稿也已编竣，这可由我写的《知堂杂诗抄·外编后记》落款"一九八六年夏于上海"为证，时间上完全吻合。记得黄先生知道此事，很高兴。一次拜访他时，他从书架上抽出一册知堂著《过去的生命》北新书局一九三三年十一月三版本给我，说：你弄的《知堂杂诗抄》是旧诗，老人还写过新诗，我有好几本，这本就送你。这册《过去的生命》前环衬上有黄先生的钢笔题字"鼎昌 一九四二年五月卅日"，十年"文革"中被抄没，封面、前环衬和扉页上钤了三方"文汇报藏书"钢印，改革开放后才发还。

八月七日日记中所记的另一事，指一九八六年春法国汉学家于儒伯在巴黎主办中国抗战文学研讨会，与会的孔罗荪、刘白羽等内地作家与香港学者梁锡华就抗战初期梁实秋提出的所谓"与抗战无关论"如何评价发生争论，在港台和海外文坛引起较大反响。孔罗荪先生是文艺评论家，当年就是批判梁实秋的主将之一，后长期担任上海作协书记。一九七六年二月以后，我作为后辈曾与他在上海师大中文系共事过一个短时期，多次一同挤公交，聊天。"四人帮"倒台后，他调回上海作协，一九七八年四月调往北京文艺报社。但我那时孤陋寡闻，还不知道历史上曾有过这场争论，也就失去了就此事向他请教的机会。黄先生应该认识孔先生，所以，我当时把巴黎研讨会的消息报告黄先生。而柯灵先生"近撰一文"则指他一九八六年七月十一日完成的长文《回首灯火阑珊处——〈中国现代文学序跋丛书——散文卷〉引言》，文中对如何"撇开政治、历史和心理因素","完整地理解"梁实秋关于抗战文学的那段有名的话提出了新的看法。

一九八六年

九月十五日:"去四马路旧书店看书……遇陈子善君。他买到我一册《新北京》,为签名于册首。又得转来钟叔河一信,商编知堂集外文事,坚请撰序。"

这次在福州路上海旧书店见到黄先生,真是巧遇。更巧的是,我刚买到他的散文集《新北京》,上海出版公司一九五一年一月再版本,列为"散文新辑"之一,售价四角。此册是图书馆的剔旧书,书品一般,但机不可失,当场请黄先生签名,他在前环衬大笔一挥:"为子善同志题 黄裳 一九八六,九,十五"。记忆中黄先生那天没有买书,他是大藏家,虽然兴致不减当年,独自逛旧书店,但今非昔比,一般的新旧书刊自然不入他的法眼。

当天日记中还记下一件重要的事,即我转呈黄先生一通钟先生的信,钟先生"坚请"黄先生为正在编辑的《知堂集外文》作序。

九月廿一日:"得陈子善信,嘱转函俞平老提供知堂为其诗所作跋文。发俞平伯、陈子善信。"

九月廿七日："得俞平老信,告五十自叹稿及知堂跋已佚。"

我不知从哪里得知俞平伯先生藏有知堂为他的"五十自叹稿"所作跋文,于是央请黄先生代为设法,黄先生即致函俞老询问。虽然结果令人失望(《俞平伯全集》也只收录了他的《六十自嗟》八首),黄先生对我有求必应,至今令我感铭。

十月廿一日："得陈子善信,附来锺叔河请问知堂诗钞疑误诸字,尽所知复之。"

十月廿二日："得陈子善信,即复之。"

此两段日记应都与《知堂杂诗抄》书稿有关。锺叔河先生收到我寄去的《知堂杂诗抄》书稿,审稿时发现"疑误诸字",嘱我转信向黄先生请教,黄先生"尽所知"做了答复。《知堂杂诗抄》一九八七年一月由岳麓书社初版。

一九八七年

一月十四日："得陈子善信,欲照周作人书迹,系锺叔河信中所要求者。"

一月二十日："寄陈子善信。"

三月一日："下午陈子善来，坐谈良久。见锺叔河信。他送来知堂集外文编49年以后剪贴稿约50万字，将尽力读毕之。"

三月二日："整日读知堂小文，并作札记，校改错字。文章实在写得不坏，是上等的小品也。"

三月八日："整日读知堂文，大致完工，计共用七天。"

这五段日记，继续围绕《知堂集外文》而展开。我把一九四九年以后的《知堂集外文》第一种书稿（《〈亦报〉随笔》）送请黄先生审阅，黄先生用了一周时间读完书稿，认为是"上等的小品"。他还做了札记，因向锺先生推辞不获，开始为写序做准备。遗憾的是，黄先生最后仍未能命笔成文。拙编《知堂集外文·〈亦报〉随笔》一九八八年一月由岳麓书社初版，书前只有锺叔河先生一篇序。同年八月，《知堂集外文·四九年以后》由岳麓书社初版，书前仍只有锺先生一篇序。

三月十日："傍晚陈子善来，携来知堂文数篇。以

《过去的足迹》一册赠之，并请代复印两篇杂文。"

《过去的足迹》是黄先生的散文自选集，人民文学出版社一九八四年八月初版。送我的这本前环衬题字"赠子善兄 黄裳 一九八七，三月"。黄先生为何时隔三年才送我此书？原来这是一册毛边本，印数一定甚少，黄先生大概刚刚检出。这是黄先生送我的第一本毛边本，也是我所获赠的现代作家的第一本毛边本。

三月廿六日："下午陈子善来，送来周作人《鲁迅在东京》稿一册，又佚文数篇，其中游云冈记及属名'十三'两文皆非周氏所著也。"

六月十日："陈子善来访，带来张铁荣赠《周作人研究资料》二册。"

在三月二十六日之前，我一定还拜访过黄先生，因为他在聊天时谈起藏有知堂《鲁迅在东京》手稿，我即向他借阅。三月二十六日这天是去归还。知堂这部手稿共三十五篇，最初连载于一九五一年五月九日至六月十二日上海《亦报》（署名十山）。后编入一九五三年三月上海出版公司初版《鲁迅的故家》（署名周遐寿）。据上

过去的足迹

黄裳

黄裳赠送作者的《过去的足迹》毛边本书影

海出版公司负责人刘哲民先生回忆，二十世纪五十年代初，"周作人为上海出版公司写了三本书，预先谈好，出版后都要退还原稿的"。（刘哲民：《我和周作人交往点滴》，浙江文艺出版社一九九六年七月初版《闲话周作人》）但事实上并未办到。这三部书中，《鲁迅小说里的人物》一书手稿由康嗣群和师陀先生平分，而译著《希腊女诗人萨波》手稿也归了师陀先生，后由夏志清先生收藏。那么，黄先生所藏《鲁迅的故家·鲁迅在东京》手稿应也得之于刘哲民先生，记忆中这部手稿线装一册，保存完好，令人惊艳。黄先生后来把这部手稿付拍，现在不知归何人所有了。

张菊香、张铁荣先生合编的《周作人研究资料》（上下）一九八六年十一月由天津人民出版社初版，列为中国社会科学院文学研究所主编的"中国现代文学史资料汇编（乙种）"之一。我一九八七年四月收到编者赠书，编者送给黄先生的这套应是同时寄我的。

一九八八年

三月廿四日："傍晚陈子善来，畅谈知堂书编辑近况，又说编梁实秋、台静农集种种。"

这一年三月，一九四九年以后的《知堂集外文》第二种《四九年以后》已经发稿，同年八月岳麓书社初版。所以三月廿四日访黄先生时，"畅谈知堂书编辑近况"。在编辑《知堂集外文》工作暂告一段落之后，我又起意编注《梁实秋文学回忆录》和编选《台静农散文选》（一九四七至一九八九），黄先生听我介绍后，都给予了点拨和鼓励。后来还专门写了《台静农散文》一文推介，认为台静农晚年散文"文字是淡淡的，没有豪言壮语，也没有披着华丽的外衣，可是像一把吸饱了水的毛巾似的，随手披拂都是浓郁的感情的流溢。这是一种很难达到的境界"。

黄裳先生日记摘录到一九八八年三月告一段落，我的回忆也到此为止。当然，到了二十世纪九十年代，到了新世纪，我还多次拜访黄先生请益。但从黄先生八十年代的这些日记，或已能清晰地显示他老人家对我的关爱和帮助。我那时的郁达夫研究、周作人研究、台静农研究等学术工作，都不同程度地得到他的肯定和支持，这不但可以他十年以后为拙著《生命的记忆》所写的序为证，也可以二十世纪八十年代这些三言两语的日记为证。从这些片段日记中，至少还有两点值得一说：

一、黄裳先生晚年常被友人以"沉默的墙"相拟，访客往往与他"相对枯坐，'恰如一段呆木头'"（黄裳《跋永玉书一通》）。但以我与黄先生上述交往的亲身经历，或可证明至少在二十世纪八十年代，只要话题投契，他也会打开话匣子，也会兴致勃勃地聊天，甚至谈到高兴处，也会情不自禁地开怀大笑。

二、从黄裳先生这些日记，又可从一个小小的侧面看到像他这样的前辈作家在二十世纪八十年代的所思所想及所感兴趣者。近年来许多文坛朋友怀念二十世纪八十年代，有一个重要方面也许被有意无意地忽视了。在我个人记忆里，像黄先生这样的前辈作家在二十世纪八十年代也经历了一个思想不断解放、创作重焕青春的过程。由于他们的存在，由于他们仍未放下手中的笔，二十世纪八十年代才显得更加难得，更加丰富多彩。因此，回顾二十世纪八十年代，评价二十世纪八十年代的文学，如果忽略或低估黄先生等一大批前辈作家的努力和贡献，那是极不完整的，也是难以想象的。

二○一九年五四百年纪念后第三天于海上梅川书舍

（原载《榆下夕拾》，齐鲁书社，二○一九年六月初版）

《来燕榭诗存》序

　　黄裳先生以散文名，以古籍题跋名，尝谓"我所写只是散文"（二○○一年七月廿八日致李辉函）。然而，先生写作颇多尝试，早年有不少译述，又偕友人合著历史剧。先生还作诗，却鲜有人关注。

　　先生之旧体诗大都作于早期，大都无题，《西行诗记》及其续记与后期所作《露间诗》等文有所披露。先生称自己"既非雅人更非诗人"（《露间诗》），自是谦词，这些诗分明实录先生彼时彼地之思绪与感受，均兴之所至，清雅温馨可诵。先生赞陈凡诗"皆于性情中流出"（《〈壮岁集〉跋》），移之先生自作诗，不也贴切乎？

"一种风流吾最爱，南朝人物晚唐诗。"晚唐诗是先生之所爱，长文《关于李义山》即为先生早年对晚唐代表诗人用功甚勤之明证。二十世纪九十年代末向先生求字，所赐斗方也为录李义山七绝。与晚唐诗之关系，应为研读先生旧体诗之门径。

写诗乃先生写作之余事，先生生前无意结集梓行。先生谢世后，有"黄迷"锐意穷搜，终于辑得先生历年所作七绝七律共四十一首成《来燕榭诗存》。

今年是先生百岁诞辰。吴迪兄又重编版刻先生旧体诗以为纪念。范景中兄嘱余题写数语，不敢不从，借此略表对先生景仰怀念之情耳。

己亥重阳后学陈子善于海上梅川书舍

（原载《来燕榭诗存》，凤凰出版社，二〇二〇年初版）

一座诗的丰碑

——为《朱英诞集》问世而作

像波兰作曲家萧邦在西方音乐史上以"钢琴诗人"名世一样，朱英诞这个名字，在二十世纪中国文学史上，就意味着诗。自一九三三年在报刊发表新诗《印象》起，至一九八三年创作最后一首新诗《飞花》后不久谢世，朱英诞的写诗生涯长达整整半个世纪。他一生留下了三千多首新诗，一千多首旧体诗，可以说是以诗始，也以诗终。他自称"一个大时代的小人物"，但他以他自己与众不同的诗，新诗和旧诗，还有同样与众不同的诗评，从一个特殊的角度抒写了对这个时代的感悟，从而也就以他自己的方式见证了这个时代。

中国的新诗，从五四新文学运动发轫，历经胡适等的"尝试"，郭沫若等的浪漫，闻一多、徐志摩等的新格律和李金发等的"象征"，到朱英诞登上新诗坛之时，已呈现多维发展的态势。朱英诞先后师从林庚、废名，醉心新诗，后来又一度从事新诗教学，很快异军突起，成为"京派"诗人群的后起之秀。"诗，夹着田野的气息，如春云而夏雨，秋风而冬雪，点缀了我的一生，生命的四季。"朱英诞的这段自白正是他毕生执着于新诗的真实写照。

综观朱英诞的新诗，难见金戈铁马，甚少豪言壮语。他的生活不求闻达，始终保持普通人的尊严，他的新诗也以普通人的视角出之，用他自己的话来说，就是"世事如流水逝去，我一直在后院掘一口井"。他以一个"沉默的冥想者"（林庚语）的姿态，精心构筑，将普通人的日常生活和所思所感熔铸进他的新诗，作为诗意栖居之地。也正因为此，朱英诞的新诗几乎不受时尚和潮流的影响，"任凭你的歌声尘封，我雕刻着流动的时空"。平实的白话、含蓄的诗句、悠远的意境和纯正的文学趣味，或许可视为朱英诞诗区别于其他新诗的最大特色。朱英诞始终"寻求真诗"，始终坚持对真正的"自由诗"的不懈追求，始终在他沉醉的诗的王国中遨游，以他完全出自内心的充满奇思妙想的长长短短的动人诗作，极大地丰富了新诗的表现力，也为中国新诗的多样化进程提供了一种新的可能。

尤为难得的是，朱英诞大概是二十世纪中国新诗人中咏颂宇宙万物最多最用力的一位，而这本是中国古典诗词的一个悠久的传统，他努力将之接续和发扬。他对大自然观察之精微，感受之敏锐，非其他新诗人可比。日月星辰，春夏秋冬，晨昏寒暑，在朱英诞笔下，都是诗，都可赋予人格，赋予新的生命。单是写"雨"，就有《雨》《春雨》《七月雨》《初秋雨》《秋雨》《梅雨》《阴雨》《雨前》《雨后》《细雨》《大雨》《暮雨》《听雨作》《晚雨旋晴》等数十首，每首都有独特而浓郁的诗意，即便同题，在不同创作时期所作，也各呈异彩，决不重复，令人叹为观止。如果说朱英诞是中国现代山水田园诗的杰出代表，绝非过誉。

然而，朱英诞生前只出版了唯一的一册新诗集，即一九三五年开明书店印行的《无题之秋》。从此之后，朱英诞虽然一直笔耕不辍，虽然不断重编自己的诗集，却再也未能出版诗集，直至他悄然离世。在相当长的历史时段里，朱英诞不仅自甘处于文坛边缘，而且几乎消失了，新诗坛遗忘了朱英诞，文学史家更遗忘了朱英诞。直至二十世纪九十年代起，这位神秘的"隐逸诗人"的名字才开始为人们所提及，他的作品也陆续进入研究者的视野。不过，由于他留下了数量极为可观的诗稿，整理、校勘、编排是一项细致而又艰难的大工程，颇费时日。而今，在朱英诞后人的支持下，经过王泽龙教授主持的学术团队多年的通力合作，我六年前在《朱英诞诗文选》序中就殷切期待的集大成的《朱英诞集》，终于在五四百年即将来临之际问世了。

《朱英诞集》荟萃了目前所能搜集到的朱英诞的新诗、旧诗、散文、诗歌评论、学术研究、翻译等所有作品，基本按朱英诞生前自行编定的诗集、文集时间顺序编排，作者生前尚未编辑、命名的作品则按写作年代编排，凡已公开发表者均注明出处，同一首诗的不同版本也尽可能出注说明，颇具学术规范。《朱英诞集》的出版不仅是绚烂多彩的朱英诞文学世界的首次集中展示，也是中国现代文学作品学术整理一个颇为可喜的收获，同时也为中国新诗史研究和整个二十世纪中国文学史研究提出了新的课题。

我可以毫不夸张地说，朱英诞是一位真正的诗人，《朱英诞集》是一座诗的丰碑，这部大书是我们后人对这位中国新诗史上屈指可数的先行者的最好纪念。

（原载《兰州大学学报（社会科学版）》二〇一八年第五期）

关于艾芜致汤逸中佚简
并相关手稿

一九七六年十月以后，上海师范大学（现华东师范大学）中文系鲁迅著作注释组的研究工作进入一个新的阶段。注释组成员分工南下北上，拜访许多刚刚获得"解放"的文坛前辈，整理了一批口述史料，后以《鲁迅研究资料》为书名编印了一册"内部资料"。其中，巴金、任白戈、艾芜、郑育之、段可情五位老作家的谈话整理稿，又以《访问五位同志的谈话记录》为题发表于一九七八年十月创刊的《新文学史料》第一辑。

当时赴成都访问艾芜的是我的前辈也是我的同事汤逸中老师，他还拜访了任白戈和段可情，时在一九七八年五月。汤老师把访问艾芜的记录整理稿复写件寄给艾芜之后，艾芜做了仔细的修改补充。访问整理稿复写件书于"上海师范大学（分）"的十八行报告纸上，共三页，圆珠笔复写，为汤老师笔迹。艾芜在每页上都用钢笔做了修改，包括删节、重写和补充，尤以第一、二页改动最多。不仅如此，他还另用"四川文艺"二百八十五字一页的稿纸写下了四条共三百字的补充文字。

一九七八年七月七日，艾芜又给汤老师写了一封信，写满了整整一页"四川文艺"稿纸。信中写到他对访问整理稿的修改和补充，也谈到"人民文学出版社的内部刊物"（后来创刊的《新文学史料》）拟刊登这份谈话整理稿事。这是艾芜的一通佚简，为《艾芜全集》（四川文艺出版社二〇一八年三月版）所失收，照录如下：

逸中同志：

你好！我到北京去参加文联委员会扩大会议，又到西安参观半坡村博物馆，回成都后又忙着别的事，现在才回你的信，很是抱歉！

你记录的谈话稿，略有错误的地方，我都加以订正。改几个字的，或几句的，我就加以（在）旁边或下

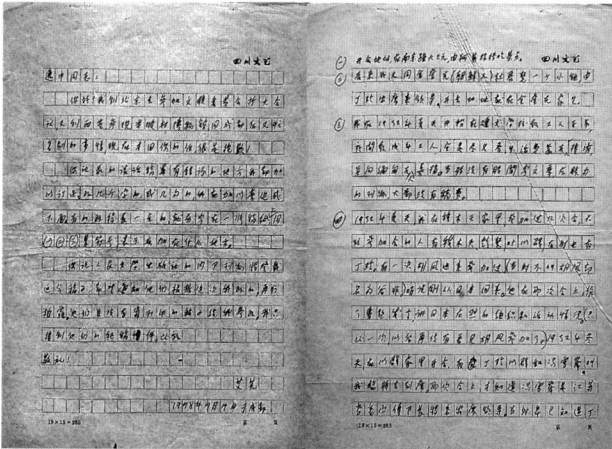

艾芜一九七八年七月七日致汤逸中函　　艾芜致汤逸中函附件第一页

面。有的改得长一点的，就另写在一张稿纸上，用
①②③等符号，表示应加在什么地方。

你说，人民文学出版社的内部刊物，将登载这份稿
子，希望通知他们，根据这次我改的，再行披露。他们
并没有寄打印的稿子给我修改。我只接到他们的征稿信
件。此致
敬礼！

艾芜

1978 年 7 月 7 日于成都

虽然艾芜这篇谈话整理稿早已在《新文学史料》发
表，但这份原始的修改补充稿还是有其不容忽视的研究
价值。它清晰地展示艾芜回忆当年他在上海参加左联活
动的态度是认真的，他在记录整理稿上补充了不少谈话
时没有谈到或未能记下的生动的细节，如他回忆一九三
二年春天以后，列席左联领导层会议，先在穆木天家
中，到会者有穆木天、彭慧、叶以群和丁玲，谷非（胡
风）也参加过。同年冬天改在叶以群家中开会，冯雪峰
和丁玲参加了。就在这次会上，他得知冯雪峰是江苏省
委宣传部长，"特来出席领导"。但他仍然向冯雪峰提了
意见（具体什么意见不详），"以后丁玲再也没有叫我列

席了"等，都很有意思。这篇经艾芜多处亲笔修改补充的记录整理稿也应视为艾芜的一份手稿，与这通佚简一起，在整整四十年后重现，不能不使我们倍感珍视和亲切。

二〇一九年六月三日

（据二〇一九年六月在成都艾芜学术研讨会上的致辞补充）

王仰晨先生的信和《巴金译文全集》

　　王仰晨先生（一九二———二〇〇五）是人民文学出版社的资深编辑、出版家，先后主持《鲁迅全集》《茅盾全集》《瞿秋白全集》（文学卷）的编辑出版工作，实在了不起。一九八六年离休后，又与巴金先生密切合作十余年，共同完成了《巴金全集》和《巴金译文全集》的编辑工作。当年参加《鲁迅全集》书信卷注释时，我随人文社鲁迅著作编辑室和参加注释的各地同人，尊称他为"王仰"，因此，此文仍以王仰称呼他老人家。

　　王仰在《巴金全集》大功告成之后，从一九九四年开始，又全力投入《巴金译文全集》的编辑工作。在此之前和之后他和巴老多次书信往还，讨论译文全集的编辑和资料搜集。我最近整理往年来信，检出三通王仰给我的信，不同程度地与此事有关。

王仰给我的第一封信写于一九九六年六月二十五日，全信如下：

子善同志：

你好！

承赠《私语张爱玲》一册并附笺收到已多时了，感激无已。复信迟了，请原谅。

前托代找的书，不知有眉目否，殊念。这事仍恳助以鼎力。上海图书馆正在搬家，或不易借书，不知作协图书馆或徐家汇图书馆能否觅得。前信曾请转托魏绍昌同志试试，不知他有无办法。总之拜托了。天热，以这琐事相扰，深感疚歉，亦望见谅。

草此不一，祝

健好。

仰晨 六.二五

此信之前王仰一定还有信给我，但一时无法检出。信开头所说的《私语张爱玲》是我编的关于张爱玲的第

子善同志：

你好！

承赠《和谐配美珍》一书承你……又收到七本……了，感谢之至。又信还了……原信。

有托我转给……不知有否日见。谅念。这事……怎么心动了。上海会书馆……主办……我无为借书，不知作怎会书馆我将送……会书馆……见。有信望你转托，……能另同志讲之，不知他……有无反映。我已拜托了。天热，以这些事非找，很感疲累，望望之情。特专……一祝

健康。

仲晨 六·廿五

一本书，书中收入了周瘦鹃、柯灵、林以亮、陈若曦、水晶、郑树森等海内外作家学者以及我自己写张爱玲的文字，一九九五年十一月由浙江文艺出版社出版。王仰显然对这本小书产生了兴趣，来信索阅，故即寄呈。而接下来所说的"前托代找之书"，就与编辑《巴金译文全集》直接有关了。

现存巴老致王仰信中，最早提到编辑《巴金译文全集》大概是在一九九〇年。他在该年七月二十四日致王仰信中说："《译文全集》中要收入'西班牙问题小丛书'（六册）。那么请你复制一份寄给我，我明年就开始编这个《全集》。""西班牙问题小丛书"是巴老翻译的，共六种，即《西班牙的斗争》《战士杜鲁底》《西班牙》《一个国际志愿兵的日记》《西班牙的日记》《巴塞洛那的五月事变》，一九三八年五月至次年四月陆续由上海平明书店出版，都是不起眼的小册。想必王仰一时也无法找到这套小丛书，以至于巴老最后还是从自己藏书中检出这套小丛书寄给王仰复印。

《巴金译文全集》的编辑工作正式启动已经到了一九九四年，该年三月二十二日巴老致王仰信中说得很清楚：关于译文集，"现在你愿意搞，来征求我的同意，我当然同意，因为我知道你我不搞，就不会有人搞出来。我们可以搞好这套书，有我们两个人几十年的交情作为保证。那么就准备起来吧"。这是巴老再次明确表态，委托王仰编《巴金译文全集》。但编辑工作开始后，巴老找不到王仰借去复印后寄还的"西班牙问题小丛书"了，他一九九四年六月十二日致王仰信中说："'西班牙问题小丛书'，我记起来了，你拿去复印过，后来寄还了。但我还未找到，不过我还可以借用别人的藏书。"而王仰那里的这套小丛书的复印件估计也因时间拖得较久而无法找到了。这样，王仰想到了当时在华东师范大学图书馆工作的我，才在前信中嘱我设法在上海查找这套小丛书，并在此信中催问和指示查找路径。

我后来应该找到了两三种"西班牙问题小丛书"（具体哪几种，已不复记忆），这可以王仰一九九七年六月三日给我的第二封信为证：

子善兄：

你好！

上次你代我复制的西班牙小丛书，花了不少力气，好象我不曾复信谢你，实在抱歉。那次没有找到的几种，后来都辗转找到了。

《巴金译文全集》（共十卷）已全部编完并付型，如顺利的话，第三季度内应出书了。

见报载，你近编就并巳出版《未能忘情》一书，看了简介，我非常希望能得到一本，因为我极喜欢散文。我老向你要书，很不好意思，这次一定做到"下不为例"了，先在这里谢谢你。

你的勤奋以及收获累累，令我十分钦佩，也为你高兴。见到自立、豫适兄时，请代为致意。

草此，即颂

健好。

仰晨　六.三

从此信可知，王仰一直在为《巴金译文全集》操劳，全集终于顺利编竣，即将付梓了。而我只不过协助找到了"西班牙问题小丛书"中的几种，这本是我作为后辈应该做的，他老人家还要在信中特别致谢。

王仰的谦逊好学，在此信中也进一步显示。他又对拙编《未能忘情：台港暨海外学者散文》表示了很大的兴趣。此书收入林语堂、台静农、梁实秋、吴鲁芹、夏志清、陈之藩、余光中、梁锡华、林文月、刘绍铭、金耀基、李欧梵、董桥、也斯等五十多位台港暨海外作家学者的散文，一九九七年三月由上海教育出版社出版。

三封信中的末一封写于一九九七年六月二十八日：

子善兄：

承赠《未能忘情》一册已收到，十分感谢。

这本书的纸张和印刷装帧等都很好，颇有赏心悦目之感。你写的代序已拜读，觉得有份量也有水平。对你的孜孜努力和每有成果，很钦佩。

《巴金译文全集》共十卷，刚刚开印，估计出书当在八九月间，嘱代购一套事，到时当照办，请释念。

香港回归，大家还是很高兴的，因为这也来之不易。多么希望我们的国家日益好起来。

天热，请多珍重。再次谢谢你。乱涂一通。还请见谅。

祝

好！

仰晨　六.二八

此信是否王仰写给我的最后一封信，我不敢确定。但信中告诉我们，《巴金译文全集》已于一九九七年六月间付印。巴金这套首次编印的译文全集出版以后，王仰寄了我一套，至今还在我的书架上。信中还清楚地表达了他作为一位资深编辑、出版家的眼光和鉴赏力，他对《未能忘情》的用纸、印刷和装帧都给予了肯定。

总之，二十多年后重温这三封信，我仍然深受感动。王仰编辑《巴金译文全集》竭尽全力，还带领我做了一点事，王仰对后学的信任、关爱与鼓励，我当牢记在心。

（原载《世纪》二〇二〇年五月总第一百六十二期）

《金介甫致符家钦
书信》序

　　这些年来，沈从文研究已成为中国现代文学史研究的一门"显学"。回顾沈从文作品出版史和研究史，从一九八一年十一月江西人民出版社重印《边城》，次月人民文学出版社重印《从文自传》开始，被禁锢多年的沈从文作品陆续重新出现在内地读者眼前。此后，一中一外两位作者研究沈从文的专著，也引起了中国现代文学研究界很大的兴趣，这就是凌宇先生著《从边城走向世界》（生活·读书·新知三联书店，一九八五年十二月出版）和美国学者金介甫先生著、符家钦先生译《沈从文传》。

《沈从文传》英文原著的出版，虽然比《从边城走向世界》晚了两年，却是英语世界第一部沈从文学术传记。而且，尽管《沈从文传》的译者自始至终只有符家钦先生一位，这部大书的出版过程却甚为曲折，版本也较为复杂。就笔者所见到的符译《沈从文传》简体字本，有如下不同的版本：

《沈从文传》　　　　　　北京时事出版社一九九○年十月版

《沈从文传》（全译本）　长沙湖南文艺出版社一九九二年二月版

《凤凰之子：沈从文传》　北京中国友谊出版公司二○○○年一月版

《沈从文传》（全译本）　北京国际文化出版公司二○○五年十月版

《他从凤凰来：沈从文传》北京新星出版社二○一八年七月版

对这些同一种英文原著的不同版本的简体字中译本，应作如下的说明：

一、从第一种中译本起，每个版本都有沈从文高足汪曾祺写的中译本序；从第三种起每个版本都有作者写的中译本《新版序》。

The Odyssey of
SHEN CONGWEN

Jeffrey C. Kinkley

金介甫著《沈从文传》英文版书影

二、第一种中译本当然有首次引进之功，但删去了英文原著的全部六百四十六条注释，与严格意义上的学术传记有了很大距离。

三、第三、四种中译本其实是一九九五年七月台北幼狮文化公司繁体字版《沈从文史诗》（《沈从文传》英文原著书名）的内地简体字本，第四种版权页且注明"本著作稿引自幼狮文化事业股份有限公司"。

四、第五种也即最新版的中译本，又做了新的校订，作者并为这个最新版撰写了《新序》。

显而易见，除了第一种中译本因删去了全部注释或可忽略不计外，其他《沈从文传》的各种中译本，对沈从文研究者而言，都很有关注的必要。长期令人困惑的是，为什么会有那么多同一种英文《沈从文传》的中译本？这个疑问，在这本《金介甫致符家钦书信》中就可找到至少是一部分的答案。

金介甫先生撰写了沈从文研究史上第一部博士学位论文，这本《沈从文传》也是有史以来第一本沈从文学术传记。尽管作者本人谦称此书还"不完美"，但正如译者在此书《译后记》中所指出的：它"史料翔实，持论平允，把沈从文的生活道路和创作成就做了透辟分析，既实事求是，又不为贤者讳"。《沈从文传》在中外沈从文研究史上已经占据了一个重要的地位，是不容置疑的。当时，内地的沈从文研究才起步不久，十分需要《沈从文传》这样的学术传记以为借鉴，他山之石，可以攻玉也。因此，将其译成中文就提上了议事日程，这个光荣的任务历史性地落到了"心细如发，一丝不苟"（汪曾祺语）、有丰富翻译经验的符家钦先生身上。

读金先生这些信，不难发现作者对译者的尊重和信任。他在一九八九年一月十日致符先生信中强调："作者和译者的心灵相通才是追求完美的唯一途径。"金先生和符先生之所以能够心灵相通，在我看来，最为关键的一条在于他俩都真的喜欢沈从文和沈从文创造的文学世界，都是沈从文的忠实读者，用我们今天的话来说，就是两位都是"沈迷"，作者认为沈从文"永远是全世界所欣赏的文学大师"，译者也说过"我从小就是沈老作品的爱读者"。所以，作者在写了研究沈从文的博士学位论文后，意犹未尽，再接再厉，写出了这部《沈从文传》；也所以，译者不顾高龄，在荒芜先生的建议下，在萧乾先生的帮助下，尤其得到了作者的全力支持，在沈从文谢世之后，克服种种困难，潜心译出了这部《沈从文传》。

然而，译出《沈从文传》，只是万里长征迈出了第一步。接下来的更为重要的问题是，如何出版这部《沈从文传》？金先生这些信大部分是围绕这个关键问题而展开的。金先生有自己的坚守，希望这部书稿尽可能以原著的原始面貌出版中译本，但这在内地当时的文化态势下有相当的难度，那么如何解决这个既在意料之外又在意料之中的棘手的问题，有无替代方案？金先生这些信所反复讨论的正是这些问题。他之所以谋求中译本在香港或在台湾出版，也正是出于这样的考虑。他与符先生的讨论是细致的、深入的，也是推心置腹的。金先生后来为繁体字版《沈从文史诗》写过这样一段话："从读沈从文的生活的那本'大书'，我们能了解中国二十、三十、四十年代的很多事情，我们也能了解人生的很多方面。"如果套用这句话，也许可以说，读这本小小的书信集，我们能了解中国八九十年代的一些事情，我们也能了解人生的一些方面。当然，《沈从文传》后来先后在内地和台湾出版了。但无论是简体字版还是繁体字版，都仍不是完完全全的原汁原味，只能说是尽可能地接近了原汁原味。

我与金先生同岁，符先生则比我年长许多，是我的父辈。在我记忆中，与金先生和符先生都没有见过面，但读了金先生的这些信后，我发现信中提到的许多人，首先当然是沈从文先生，还有已故的萧乾、杨宪益、陈梦熊、陈信元等位，健在的余凤高、凌宇、林振名、邵华强等位，我竟都认识，有的不仅认识，而且还是交往甚多的老友，不久前还与林、邵两位通过越洋电话。当年广州花城出版社在出版十卷本《沈从文文集》的同时，还出版了曾给沈从文以帮助的郁达夫的十卷本文集，沈集由凌、邵两位所编，郁集则由王自立先生和我合编，两套文集的责编之一正是林振名先生。林先生后到港创办香江出版公司，我还多次造访。但他与金先生曾有出版港版《沈从文传》之议，我直到今天才知道。正是有了这些因缘，所以，收藏金先生这些信的徐自豪兄嘱我为这本书信集写几句话时，我毫不犹豫就答应了。

作为读者，我感谢金介甫先生、本书策划人、编注者、译者和校订者等，在他们的共同努力下，使这本小小的书信集得以问世。我也相信这本书信集虽然篇幅不长，但对研究《沈从文传》中译本的诞生过程，对研究沈从文研究史、研究沈从文其人其文都会有所启发，有所帮助。

"书比人长寿"这句话，我已不止一次引用过，在这篇小序结束的时候，不妨再引用一次。今年是沈从文先生逝世三十周年，明年是符家钦先生一百周年诞辰，这本《金介甫致符家钦书信》的付梓，正是一个对文学巨匠和杰出翻译家的别致而意味深长的纪念。

二〇一八年八月五日完稿于沈从文先生喜欢的莫扎特音乐声中

（原载《金介甫致符家钦书信》，上海徐自豪二〇一八年九月自印本）

王富仁《鲁迅与顾颉刚》序

　　王富仁兄是我的畏友。但是，哪一年认识他，在什么地方认识他，现在竟想不起来。这种遗忘好像很不应该，确是不得不承认的事实。当年太自信了，自以为记忆力强，不必记日记或记事之类，而今已悔之莫及。

　　不过，首次与富仁兄见面，一定与我们共同从事的专业，即中国现代文学史研究相关，也应是不争的事实。我现在只能推测，认识他，应该在他获得文学博士学位，留在北京师大执教之后。他是李何林先生的博士生，是改革开放以后第一位中国现当代文学专业的博士，单是这两条，就令人刮目相看。李何林先生与唐弢先生、王瑶先生一起，为改革开放之后首批招收中国现当代文学专业研究生的导师，早在二十世纪二十年代末，他就在中国新文坛崭露头角了。富仁兄师从李先生，自是他的幸运，而李先生有富仁兄这样的高足，想必也会感到自豪。

二十世纪九十年代以后，与富仁兄见面的机会多起来。这是有合影为证的。一次是二十世纪九十年代末在浙江桐乡的合影，照片上人很多，有钱理群、张梦阳、葛兆光、夏晓虹诸位，富仁兄正好和我对面而站，大家一起在观赏桐乡钱君匋艺术馆的藏品。这次同人会聚桐乡，是黄育海兄主持的浙江人民出版社计划重新编注《鲁迅全集》的启动会议，不料这项有意义的工作后来被迫中止，却留下了与富仁兄这张难得的合影。另一次是新世纪之初，摄于西安，我们一起在陕西师大开会，照片上富仁兄与刘勇、陈国恩、罗岗诸位和我并排合影，富仁兄笑容灿烂，右手亲切地搭在我肩上。我们谁都没有想到他没过几年就患上了绝症。

无可否认，富仁兄抽烟太厉害了，厉害到令人难以置信的程度。又有一次在重庆开会，我俩都很早到餐厅用早餐。不过，他不急于去选取食品，而是坐下来先抽烟。我不禁好奇地问："老兄一大早就烟瘾发足？"他乐

左起：一、钱理群；三、王富仁；四、孙郁；五、张梦阳；六、黄乔生；
七、高远东；八、钱君匋艺术馆工作人员；九、陈子善；十、葛兆光；
十一、夏晓虹 九十年代末摄于浙江桐乡钱君匋艺术馆

了，不慌不忙从西装上衣口袋中掏出一包烟。看着我吃惊的眼神，他狡黠地笑了笑，再从长裤左右口袋中掏出两包烟，像变戏法一样。好家伙，堂堂大教授成了魔术师一般。他得意地告诉我，一天至少五包烟，不一大早开始抽，怎么抽得完！看来古人说的人无癖不可交，在富仁兄身上也应验了。他的烟癖在现代文学研究界是如此有名，烟给了他许许多多"烟士披里纯"，但也终于缩短了他的寿命，以致他离去后，我的挽联上句是"腾云驾雾，得迅翁真传"，这完全是写实。

回想起来，连我自己都不敢相信，每次见富仁兄，谈的都不是学问，都不是我俩所从事的现代文学史研究，而是兴之所至，海阔天空，行之所当行，止之所当止，北方人所谓侃大山，南方人所谓嘎讪胡是也。也许我俩都认为既然难得相见一次，干脆就纯粹聊天，反而比一本正经论文说艺来得更有趣更有意思。若说要与学术相关，大概只有一次，那就是我听说他在某次鲁迅研究会后态度严正地直斥某人。后来见到他，忍不住求证，果有其事否。他不直接回答有或没有，只说了一句："太不像话了！"

说到现代文学史研究，众所周知，富仁兄擅长宏观研究和理论阐发，而我醉心于微观研究和史料爬梳。虽然我俩对现代文学史许多问题的看法相同或接近，但我一直很钦佩他的学问和敬重他的探索勇气。他胸怀高远，他视野开阔，他看法独到。他的文章汪洋恣肆，颇有气势，无论专著还是论文，都有一种充满激情、富于雄辩、直指人心的力量。这在从事现当代文学研究的学者中并不多见，也是我所难以企及的。从出版专著《中国反封建思想革命的一面镜子——〈呐喊〉〈彷徨〉综论》到反思半个多世纪以来的鲁迅研究史再到倡导"新国学"，富仁兄一直旗帜鲜明地站在维护和发扬真正五四精神、总结和继承优秀文化传统的前沿，为自己的见解、自己的主张锲而不舍，义无反顾。

富仁兄有自己的操守和追求，但他并不墨守成规，也不画地为牢，对我这样的朋友也很谈得来，常常在谈笑中流露出他天真可爱的一面。难得的是，他的包容和与时俱进，同样体现在对学生的培养上。他对学生不强求一律，而是因材施教，看重并支持学生的学术兴趣。他指导的硕士生宫立对文学史料着迷，他亲自致电我，郑重推荐宫立报考我的博士生。后来宫立的成长也证实了他的判断，而这种判断力并非每个研究生导师都具备的。

我主编《现代中文学刊》以后，富仁兄理所当然成为我的重要约稿对象。承他不弃，时有新作贻我，如

《学刊》二〇一二年第一期就发表了他的《中国现代文学研究的当代性——〈樊骏论〉之一章》。当我得知他病中仍在奋力撰写《学识·史识·胆识》的系列论著时，就很希望他能惠稿。《学识·史识·胆识》大概是富仁兄后期最有分量的学术论著，前三篇专写胡适，分别以《胡适与学衡派》《胡适与"五四"新文化》《胡适与"胡适派"》为题，刊于二〇一四年《中国现代文学研究丛刊》第八期、《中国政法大学学报》第五期和《社会科学战线》第十一期，也构成了这一系列论著的第一部分。这一系列论著的第二部分就是这部长达二十二万多字的《鲁迅与顾颉刚》，前二十九节连载于《华夏文化论坛》第十三至十六辑，而他慨然允诺把此文后十五节交《学刊》刊出，这是对我的信任和鼎力支持。令我十分痛惜的是，《鲁迅与顾颉刚》后十五节在《现代中文学刊》二〇一七年第三、四两期发表时，富仁兄已不及亲见了。

在简要讨论富仁兄这部精彩的力作之前，略为回顾一下顾颉刚与鲁迅的交往过程，也许是必要的。据鲁迅日记，两人一九二四年十月十二日首次见面，是日下午顾颉刚随鲁迅学生常惠（常维钧）一起拜访鲁迅。一个多月后，鲁迅应顾颉刚之请，为他主编的《国学季刊》

创刊号设计了颇有特色的封面，这是鲁迅设计的第一种杂志封面，不能不特别提出。此后两人互有通信，顾颉刚一九二六年六月十五日寄赠鲁迅新著《古史辨》第一册，并在环衬上题字："豫才先生　审正　颉刚敬赠"。同年九月八日，也即鲁迅抵达厦门的第五天，同在厦门大学任教的顾颉刚即拜访鲁迅并赠《诸子辨》（宋濂著）。九月二十二日，顾颉刚又赠鲁迅其所编的《吴歌甲集》，环衬上又题字："豫才先生评正　颉刚敬赠　十五、九、廿二厦门"。此地书和《古史辨》第一册至今仍保存在鲁迅藏书之中。

从以上梳理就可以清楚地看出，鲁迅与顾颉刚虽然交往并不频繁，最初还是较为友好，顾颉刚对鲁迅是尊重的，多次赠书求教；鲁迅对顾颉刚也给予了帮助，有求即应。当然，两人的矛盾在厦大时已逐渐开始显现，鲁迅一九二七年四月二十六日致孙伏园函中已有所提及。此后发生的事，凡读过鲁迅杂文《辞顾颉刚令"候审"》、鲁迅一九二七年五至七月间致章廷谦、台静农、江绍原等人的信以及所作历史小说《理水》和《铸剑》的，应该都已熟悉，不必再赘言了。

显而易见，富仁兄并不满足于对鲁迅与顾颉刚关系始末的简单追溯，或者说这不是他思考问题的出发点，他更关心的是鲁迅与顾颉刚为什么会交恶，他们在思想上和学术上有多大的分歧，力图在更大的文化背景即近代以来中国思想和学术思潮的风云激荡中来把握和理解鲁、顾这件历史"积案"的实质。用富仁兄自己的话来说，就是"之所以花费如此长的篇幅清理这件'积案'，是因为它实际牵涉到中国现代思想史和学术史上的一系列重大分歧，并且直至现在这些分歧还常常困扰着我们，使我们不能不正视它们。它是在当时历史时代两个'大师'级人物的'互视'关系中发生的"。确实，在这篇长文中，富仁兄探讨鲁迅和顾颉刚学术思想的形成和来龙去脉，探讨他俩因文化上的分歧而导致情感、情绪上的对立，在此基础上还重新审视"整理国故"与古史研究、胡适和"胡适派""现代评论派"和英美派学院精英与鲁迅的分歧等众多复杂问题，分析论列，直抒己见。富仁兄坦率承认"根据作者本人的看法，本文更多地谈到顾颉刚的缺点和不足"，但同时也强调"这并不意味着我们这些后辈学子有理由、有资格轻视顾颉刚的学术贡献及其历史地位"。这种对待历史人物客观而全面的态度是难能可贵的，也深得我心。

总而言之，富仁兄这部《鲁迅与顾颉刚》是厚重的，也是尖锐的，全文高瞻远瞩，思辨严密，博通精微，所提出的一系列新的看法，不仅对我们重估鲁、顾之争，而且对我们进一步深入反思二十世纪中国的学人、学术和文化，均不无启发。在我看来，这部著作与其说是富仁兄最后的学术研究成果，不如视为他的精神遗嘱或许更为恰当。因此，不管赞同富仁兄的观点与否，它都值得我们珍视。

主持商务印书馆上海分公司的贺圣遂兄常读拙编《现代中文学刊》，他读到了《鲁迅与顾颉刚》后十五节，大为叹服，立即致电我询问此文前半部情况，明确表示愿意出版全书，以纪念他所尊重的富仁兄。以此为契机，"王富仁三书"（除了《鲁迅与顾颉刚》，另二书是《端木蕻良论》和《樊骏论》）的出版计划开始在商务实施。我感谢圣遂兄慧眼识宝，于是写了以上这些话，以寄托我对富仁兄的思念。我相信，虽然富仁兄已经离我们远去，但纸墨寿于金石，他留下的文字会一直伴随我们在思想和学术探索的长途上继续前行。

二〇一八年五月二日王富仁兄周年忌日于海上梅川书舍

（原载《鲁迅与顾颉刚》，商务印书馆，二〇一八年七月初版）

《木心考索》序

　　木心这个名字，在今日中国文学界，几乎是无人不知无人不晓了，虽然对其文学成就不以为然的，也有人在。这本是题中应有之义，对一位作家及其作品，有人喜欢，有人不喜欢，自古而然，中外皆然，不足为怪。

　　尽管木心的众多诗文已陆续出版，尽管木心美术馆已在他故乡建立，尽管木心纪念和研究专号也已出版了好几辑，但是，木心到底是一个什么样的人，他的人生经历怎样，他有哪些交游，他在艺术和文学创作上是如何起步和发展变化，台湾和中国大陆又是如何接受木心的？这一系列的问题，即便是木心爱好者，恐怕也不甚

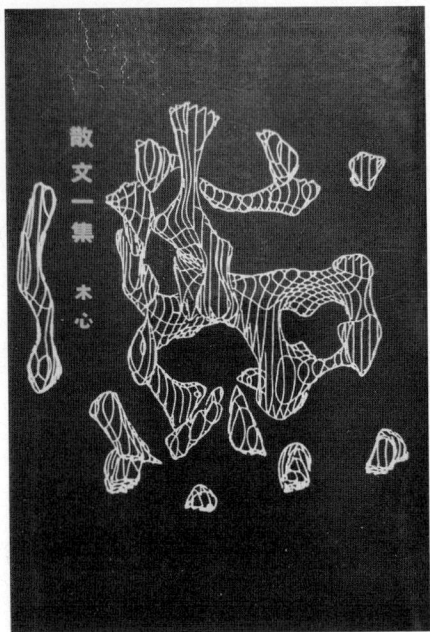

木心第一本著作《散文一集》，封面由木心本人设计

了然，同时也一直困扰着木心研究者。从这个角度讲，当年台湾《联合文学》创刊号隆重推出木心"专卷"，称其为"一个文学的鲁滨孙"，[①]至今不能算完全过时。

值得庆幸的是，木心研究这些不应有的空白，终于得到了一定的填补，因为我们终于有了第一本探索木心生平和文学历程的书，[②]那就是夏春锦所著的这部《木心考索》。这使我们有足够的理由感到高兴。

春锦来自福建，在木心故乡浙江桐乡工作，桐乡地灵人杰，文化积累深厚，单从新文学传统看，就产生了茅盾、丰子恺、钱君匋、孔另境等名作家，而今又出现了一个独特的木心。春锦对文史情有独钟，除了主编"蠹鱼文丛"和民间读书刊物《梧桐影》，也对木心其人其文产生了浓厚的兴趣，近年来一直致力于木心研究，《木心考索》是他的第一本书，也是他的第一本研究木

---

① 《联合文学》月刊一九八四年十一月创刊于台北，创刊号刊出题为"木心，一个文学的鲁滨逊"的"作家专卷"，其中有《木心答客问》《木心小传》《木心著作一览》《也是画家木心》（陈英德作）和"木心散文个展"（收入《明天不散步了》《哥伦比亚的倒影》等四篇散文），迄今已有三十八年。

② 先于《木心考索》，广西师范大学出版社二〇一五年八月出版了李劼著《木心论》。正如书名所揭示的，此书系对木心的文学作品和文学演讲进行品评阐释，并非对木心生平事迹进行考证梳理。

心的成果。

章学诚《文史通义》云："高明者多独断之学，沉潜者尚考索之功。"春锦以"考索"作为研究木心的书名，可见其学术兴趣之所在。春锦在此书中对木心家族往事、求学生涯、初涉文学、办刊经历、当年留影、与茅盾和夏承焘等的关系，以及在沪遗踪等，从查阅文献档案、走访知情者到实地考察，都很下了一番考索功夫，还充分利用了已有的木心研究成果。全书侧重木心前期生活和文学活动史料的爬梳，对木心后期文学业绩和木心接受史也努力追踪，均有可喜的收获，而《木心传略》和《木心年表》的撰述，也为编纂较为详尽的《木心编年事辑》打下了良好的基础。

我曾多次重申过一个观点，即研究一位有特色有影响的作家，必须建立这位作家较为完备的文献保障体系，创作系年、同时代人的回忆以及各种评论资料，均不可偏废。这是基本的史料整理和积累工作，必须扎扎实实地做，必须持之以恒，来不得半点马虎。这个观点无疑也适用于木心，《木心考索》的问世不就是一个有力的证明吗？

对木心研究而言，确实还有许多未知数。木心原名孙璞，字玉山，学名孙牧心。木心是孙牧心最常用也最广为人知的笔名，就像鲁迅是周树人的笔名、茅盾是沈雁冰的笔名一样。但据木心自述，从一九四一年至一九八四年间，他还使用过吉光、高沙、裴定、马汗、桑夫、林思、司马不迁、赵元荸和杨蕊九个笔名。① 令人遗憾的是，木心用这九个笔名发表的作品，至今未能找到哪怕各只有一篇。《木心考索》中的《木心笔名刍议》一文，对"木心"做了很好的释读，认为"这个笔名是包含着木心本人深刻的寄托的"，但对木心其他九个笔名都暂未找到令人信服的实证。从而，也再次证明了我的另一个观点，即笔名问题很可能会成为我们更全面更深入地研究一位作家的制约，这就有待春锦和其他有志于此的木心研究者的发掘了。

自二十世纪九十年代中期起，我根据自己对木心文学创作的认知，数次在内地报刊推介木心。这本是我应该做的事，因此，随着时光的流逝，有些细节我自己也不复记忆了。但春锦是有心人，在《木心考索》中也对我的这些工作做了钩沉和评论，我在受之有愧之余，应向他深深致谢。

木心有许多难得之处，在我看来，最难得的是，他

---

① 参见《木心著作一览》之"笔名（一九四一——一九八四）"部分，台北《联合文学》一九八四年十一月创刊号。

是较早也较为成功地摆脱了那套主流话语的束缚和影响，在文学创作上独辟蹊径、自树一帜的一位作家。写中国当代文学史，木心这个名字是绝不能再视而不见了，否则，这部文学史就是残缺不全的。不是学院中人的夏春锦，却做了本应由学院中人所做的工作，完成了这本《木心考索》，也实在难得。相信他一定会在木心研究上继续"沉潜"，踏踏实实地走下去，并取得更大的成绩。

丁酉冬于海上梅川书舍

（原载《木心考索》，浙江古籍出版社，二〇一九年七月初版）

木心美术馆『巴尔扎克特展』开幕致辞

尊敬的伊万·加缪馆长、陈丹青馆长和各位嘉宾：

二百二十年前，以《人间喜剧》成为十九世纪法国伟大作家的巴尔扎克诞生；一百一十一年前，二十世纪中国翻译巴尔扎克的大师傅雷诞生；八十二年前，二十世纪中国杰出的文学家和美术家、视巴尔扎克为"文学舅舅"的木心诞生；四年前，在我看来是当下中国最好的美术馆——木心美术馆诞生。这四个决定性的因素叠加在一起，促成了今天即将揭幕的"我的文学舅舅：巴尔扎克"特展。

木心美术馆自创办至今，每年都举行生动展示中西文学艺术交流史的年度特展，我就有幸参加过"莎士比亚与汤显祖"特展。今年为纪念巴尔扎克二百二十周年诞辰，法国巴尔扎克纪念馆与木心美术馆联合策划了这个别具特色的"我的文学舅舅：巴尔扎克特展"。作为巴尔扎克、傅雷和木心的一个普通读者，我为能够躬逢其盛，深感荣幸。

我们这一代人，是读鲁迅的书，读留学法国的巴金的书长大的，也是读巴尔扎克的《高老头》《欧也妮·葛朗台》《邦斯舅舅》等世界名著长大的。巴尔扎克在我们心目中具有崇高的地位，他的众多作品，正如傅雷所说，"可算为最朴素的史诗"；也正如木心所说，"是整体性的渊博""法国小说家中要论到伟大，首推巴尔扎克"。我不会忘记自己二十一岁时在江西农村灰黄的油灯下埋首阅读《高老头》时的情景。半个世纪过去了，傅雷翻译的巴尔扎克伴随着我们长大、成熟，一直到今天。

丹青先生在《展览序言》中说到木心至死未能造访法兰西，这当然是件憾事。我已到过英格兰、德意志和美利坚，也还未造访法兰西。我相信，参观了这个引人入胜的年度特展，一定会增强我造访巴尔扎克故乡的决心和勇气。

预祝"巴尔扎克特展"圆满成功,也预祝中法文化交流通过这次特展更上层楼!

二〇一九年七月十三日于浙江桐乡木心美术馆

《中国现代诗集五种》

出版说明

　　打开中国现代文学史册，新诗集的丰富多彩，争奇斗艳，恐怕是其他文学体裁的单行本难以比肩的。"草鹭文化"策划的本专辑选印五位新诗人六种二十世纪二三十年代有代表性的新诗集，以展示这种丰富多彩之一斑。作者、书名以及选用的版本开列如下：

　　胡　适：《尝试集》，一九二二年十月上海亚东图书馆增订四版。

　　康白情：《草儿》，一九二二年三月上海亚东图书馆初版。

戴望舒著《望舒诗稿》书影

闻一多：《红烛·死水》，一九二三年九月上海泰东图书馆初版、一九二八年一月上海新月书店初版。

徐志摩：《志摩的诗》，一九二五年中华书局代印仿宋聚珍版线装本。

戴望舒：《望舒诗稿》，一九三七年一月上海杂志公司初版。

胡适的《尝试集》是现代文学史上第一部个人新诗集，具有"尝试"新诗创作的开山之功，初版于一九二〇年三月，增订四版是"定本"。康白情的《草儿》是现代文学史上继《尝试集》和叶伯和《诗歌集》、胡怀琛《大江集》、郭沫若《女神》之后，与俞平伯《冬夜》同月问世的第六部个人新诗集，当时具有较大的影响。闻一多和徐志摩是新月诗派的重要代表，格律严谨的《红烛》和《死水》是闻一多的代表作，而色彩柔美的《志摩的诗》则是徐志摩的前期代表作，此书也是现代文学史上第一部线装新诗集。戴望舒是二十世纪三十年代现代诗派的领军人物，《望舒诗稿》是他这一时期新诗创作的自选集，原书"目录"上还有《自序》一篇，惜正文中空缺。

为了增加读者尤其是青年读者的阅读兴味，这次选印又特请五位青年版画家为诗集精心创作各具风格的版画插图，以收诗图并茂之效。

二〇二〇年二月十八日

（原载《中国现代诗集五种》，上海书店出版社，二〇二〇年初版）

早就听说王鹏兄在编选其珍藏尺牍集，而今终于大功告成了。《寄梅堂珍藏名贤尺牍》（以下简称《尺牍》）付梓前，王鹏兄嘱我写几句话，自然是深感荣幸。

认识王鹏兄是在深圳尚书吧。那年秋到深圳参加"读书月十大好书"评选，会后到大名鼎鼎的尚书吧看书品茶。主人文白兄告诉我，王鹏等下会来。我对深圳美术界和收藏界一向陌生，不知他是何方神圣，待到见面一聊，方知他是书画鉴赏大师杨仁恺先生高足，来深圳后，曾任职于何香凝美术馆，从事展览、策划及书画研究工作。喜文史，富收藏，古典情怀甚浓，令人刮目相看。去年又有机会拜访他的"寄梅堂"，观赏他丰富而又珍贵的收藏，大开眼界，受益匪浅。

这部《尺牍》就是王鹏兄专题收藏的一个结晶。全书收入自吴云（一八一一——一八八三）起，至江兆申（一九二五——一九九六）止，前后近二百年间，中国知识界翘楚三百五十多位的近四百通尺牍，写信人涵盖政坛、文坛、学界、艺术界等众多界别，完全可以用琳琅满目、蔚为大观八个字来形容。令我惊喜的是，书中所收现代文学和学术史上的著名人物中，俞平伯、赵景深、沈从文、李一氓、巴金、郑逸梅、臧克家、萧军、苏渊雷、柳存仁、饶宗颐等位见过面，冰心、钱锺书两位通过信，施蛰存、柯灵、吴小如、邓云乡等位更交往请益甚多，而今重睹这些前辈的手泽，怎能不倍感亲切？

尺牍者，书信、信札之古称。古人所谓"寄长怀于尺牍"（杜笃语）、"烽火连三月，家书抵万金"（杜甫语）等，又揭示了尺牍的性质。信札历来广受重视，不仅从中国书法史角度视之，历代许多代表性的精品是信札；从文学和学术史角度视之，也有许许多多信札具有重要的甚至是不可替代的文献和研究价值。王鹏兄编选的这部《尺牍》就再次雄辩地证明了这一点。近二百年以来，大到国家风云变幻，小到民众日常生活，更多的是切磋艺文，交流治学心得，以及亲情友情的自然流露，在这近四百通信札中，都有或多或少真切的反映。

我从事中国现代文学史和文学史料研究，因此，对此书所收的近代以来作家、学者的信札就格外留意。许多信札本身就是优美的散文或精练的学术札记自不必说，而据我初步翻阅，《郭沫若全集》失收的郭沫若致阿英函、周作人致张次溪和徐耀辰两函、梁实秋致蒋碧薇函，《郑振铎全集》失收的郑振铎致唐弢函，《沈从文全集》失收的沈从文致杨忏如函、浦江清致施蛰存两函、《施蛰存全集》失收的施蛰存致黄葆树函、陈衡哲致陆蔚如函、冰心致黄裳函，等等，都是我所关心的，都提供了进一步发掘和研究的线索。此外，书中还披露了不少鲜见的名家文稿，如康有为《复教育部书》、王国维《〈摩尼教流行中国考〉批注》、章太炎《栖霞寺印楞禅塔铭》、刘半农《〈南朝史精语〉跋》、吴宓《〈丹隐诗存〉跋》、容肇祖《癸巳存稿》（俞正燮著）书跋、刘大杰悼郁达夫等一组诗稿等，或为作者的全集所失收，或为首次与世人见面的手迹，均应特别引起注意。而刘师培致毛元徵诗稿也正可与柳诒徵《毛元徵传》稿对读，也别有意味。

不妨举两个我的初步考证。一是杨振声致胡适函。杨振声是胡适北大学生，以中篇小说《玉君》在新文学史留名。此函其实是一通投稿信，但写得生动有趣。信中说到胡适邀请但他"不敢加入独立社"，又表示他对"独立评论的同情又是那般大"，可见此信与胡适创办的《独立评论》直接相关，他送给胡适的这篇"对于社会问题的文章"也应是向《独立评论》的投稿。《独立评论》一九三二年五月在北平创刊，此信落款"三日"，开头就说"昨天"本想亲自送稿，又想起胡适"星五晚"说"明天""最忙"，故未打扰，而"今天"又是胡适"见客的日子"，"车马盈门"，故"仍以不来打扰，送上文章为妥"。那么，"昨天"应是周六，"今天"应为周日。查一九三二年全年，只有一月三日和七月三日是周日，一月时《独立评论》尚未创刊，故此信只能写于一九三二年七月三日。再查《独立评论》，杨振声一共只发表了四篇文章，即一九三二年六月十二日第四号的《与志摩的最后一别》。十一月十三日第廿六号的《也谈谈教育问题》，十一月二十七日第廿八号的《抢亲》，以及十二月二十五日第三十二号的《女子教育的根本问题》。这篇他自己也"毫无把握的"文章可能真的没有刊出。

更令我高兴的是，戏剧家、翻译家、《清宫秘史》作者姚克的一通信札，竟使我研究工作中悬而未决的一个疑问迎刃而解。我在三年前写过一篇短文《早期姚克二三事》（收入香港城市大学出版社二〇一九年初版《识小录》），评介姚克的第一本译著《世界之危境》（美国 Sherwood Eddy 著），这本译著一九三三年一月由上海良友图书公司初版。良友素以出版新文学作品著称，《中国新文学大系》《良友文学丛书》等即为代表。姚克这本译著是国际问题观察，何以能在"良友"付梓？这封信给出了圆满的答案。原来当时姚克致信"良友""执事先生"毛遂自荐，他在信中介绍了《世界之危境》的作者艾迪、此书的主要内容和特点，条分缕析，简明而扼要。姚克强调此书"态度言论均极纯正，绝无政治色彩，今年此书出版后不胫而走，风行环球，实因此书系实地观察及独立批评之结晶，而非普通空空洞洞之书可比也"。正是这封信，使"良友"对姚克这部译著大感兴趣，立即决定采用。此信落款"十一月，二日"，而《世界之危境》的姚克译序作于"二十一，十，七"，书问世于一九三三年一月，出版速度很快。据此可以推断，不仅此信是写给"良友"的，写信时间也定格在一九三二年十一月二日。对我而言，这真是意想不到的可喜收获。

还应该强调一点，除了具有相当的学术含量，此书也是我所见到的近二百年来文人书信书法的一次颇具特色的展示，楷草行隶，几乎一应俱全，不少作者原本就是有名的书法家。毛笔书法一直是中国传统文化不可缺少的一个重要组成部分，而今随着互联网电子邮件的无远弗届，信札并其毛笔书写方式已经式微。这当然是令人深以为憾而又无可奈何的事。因此，此书如此较为集中较具规模地展示，就显得更为难得，更具珍视优秀传统文化的积极意义。

总之，在我看来，由于《尺牍》收录时间长，范围广，大家名家荟萃，鉴赏价值和学术价值双美并具，出版以后，人文社科诸多专业的学者从中不断获取灵感和新的史料，应是完全可以预期的。

最近二十年来，民间收藏空前活跃，人才辈出。有收古籍为主的，有收新文学为主的，有收政治文献为主的，有收书画为主的，有收手稿为主的，有收古玩为主的……八仙过海，各显神通。而以我有限的见闻，收藏历代尺牍，海上郑逸梅先生是先行者，也是闻名海内外的大家。我不知王鹏兄是否立志以郑逸老为榜样，但他慧眼独具，另辟蹊径，以专收十九世纪以来名贤尺牍为主，广为搜集，持之以恒，向收藏界和学术界奉献了这部精彩的《寄梅堂珍藏名贤尺牍》。这部《尺牍》的出版，也再次告诉我们，民间收藏是公家收藏极为重要的补充，对学术研究也是极为有力的推动和促进。由衷祝愿王鹏兄在收藏尺牍的长途上继续努力，取得更丰硕的成果。

是为序。

庚子正月初八于海上梅川书舍

（原载《书城》二〇二〇年四月总第一六七期）

《近代日记书信丛考》序

读张伟兄新著《近代日记书信丛考》，津津有味。

张伟兄长期供职于上海图书馆，工作之余，又致力于中国近现代文学、艺术文献的整理和研究。单就他当年主持的请编者在"稀见新文学期刊上题记"这一项工作，就抢救了多少有价值的文学史料，堪称功德无量。后来，他的研究领域不断扩大，从中国近现代文学起步，逐渐拓展至近现代电影史、城市史、中西文化交流史以及近现代年画和月份牌（令人惊艳的上海"小校场年画"就是他发掘和命名的），不断有新的发现，不断提出新的看法，也不断改写现代文学史和艺术史，影响遍至海内外。

中国近现代日记书信是张伟兄持续关注和耕耘的又一个领域。上海图书馆收藏的近现代日记和书信极为丰富，二〇一三年和二〇一四年先后举办了"馆藏尺牍文献精品展"和"馆藏稿本日记展"。张伟兄自己也痴迷收藏，多年锐意穷搜，收获颇丰，从而更进一步推动了他的近现代日记书信研究。他为上图两次大展分别撰写了颇具学术含量的长篇序文，提出研究中国近现代文化、文学和学术，不能忽视相反应该特别重视日记书信的观点。这深得我心，因为我也对近现代日记书信充满兴趣，也认为近现代日记书信的搜集、整理和研究是深入探讨中国现代文学史、艺术史和学术史的一个新的学术增长点。以前吴宓日记、朱自清日记、宋云彬日记的整理出版，近年胡适留学日记手稿、周作人未刊日记、梅贻琦和郑天挺西南联大日记、夏鼐日记、张爱玲致夏志清和庄信正信札等的整理、发表或出版，无不有力地证明了这一点。

《近代日记书信丛考》就是张伟兄近年研究近现代日记书信成果的汇集。书中讨论的范围很广泛，涉及近现代政治史、文学史、史学史、艺术史等众多方面，如对陈寅恪首次留欧期间明信片上一首佚诗的考证，如对丰子恺、傅抱石抗战时期致张院西一组信札的释读等，都是令人欣喜的新发现。张伟兄尤其擅长从不引人注意的看似普通的一枚明信片或一通三言两语的短信上揭示文坛故实，如对《胡适全集》失收的胡适一九一一年十一月六日致马君武关于辛亥革命明信片的分析；如对新出土的周作人一九五〇年十月三十日致康嗣群信中所说"遐寿"笔名由来的阐释，都颇见功力，大大有助于胡适研究和周作人研究。

张伟兄在梳理鸳鸯蝴蝶派名家包天笑的日记时，使用了"日记中的隐秘角落"的提法，很形象，也很有见地。作家的日记，如不是刻意文饰，往往比他后来的回忆可靠，确实有许许多多"隐秘角落"，有待有心人的爬梳和发掘。四年来，张伟兄整理的已在现代文学史上消失多年的傅彦长的日记（一九二七年至一九三六年，中有间断）陆续在拙编《现代中文学刊》连载，傅彦长日记中不少"隐秘角落"也一一呈现出来。张伟兄强调透过傅彦长的遗存日记，可以窥见我们以前所不知道或知道很少的二十世纪二十至三十年代民国部分文人日常生活中的人际交往和生活消费，以及这些对他们思想和创作的影响。他举了许多有趣的例子，其中有一个不妨再说一说。傅彦长认识鲁迅，鲁迅日记一九二六年五月十五日就有"顾颉刚、傅彦长、潘家洵来"的记载。但当张伟兄把现存傅彦长日记与鲁迅日记对读，就发现了"隐秘角落"。傅彦长日记一九二七年十二月五日记云："到内山书店，遇周树人、王独清。"该天鲁迅日记怎么记的呢？记云"夜往内山书店买书五本"，提到内山书店仅此一句。那么，也许该天晚上傅彦长到内山书店见到了鲁迅，他还见到了王独清，难道那晚鲁迅与王独清也见了面？傅彦长日记一九三三年四月十日又记云："午后到沪，在新雅午餐。遇张振宇、鲁迅、黎烈文、李青崖、陈子展。"该天鲁迅日记又只字未提在新雅午餐。鲁迅当然不可能独自一人去新雅，很可能那天中午他与《申报·自由谈》主编黎烈文在新雅谈事。这两条鲁迅日记的失记提醒读者，鲁迅日记中的"隐秘角落"还很多，而这正是通过张伟兄对傅彦长日记的梳理而提示给读者的。

此外，张伟兄对康嗣群一九三八年"孤岛"日记的解读也很值得关注。康嗣群在"孤岛"时期临危受命，担任美丰银行上海分行经理。但他是新文学的爱好者和参与者，曾与周作人交往，又曾与施蛰存合编有名的《文饭小品》。这就决定了康嗣群的日记虽只薄薄一册，起讫时间虽只短短十一个月，却颇具可读性。康嗣群阅读巴金《家》和首版《鲁迅全集》的体会，阅读埃德加·斯诺《红星照耀中国》的感受，在日记中均有较为充分的记载。而经过张伟兄的条分缕析，其中的"隐秘角落"进一步凸显，使读者更真切地领略了当时海上知识分子思想和情感的脉动。

总之，张伟兄这本《近代日记书信丛考》真的是秋水长天，一片清明，引人入胜。书中文字无论长短都有他的独特视角、独家发现和独到见解，填补了中国近现代文学史、艺术史和学术史研究的若干空白，不仅充分显示了日记书信研究的重要性和必要性，也生动展现了近现代文学文献学的魅力。

我和张伟兄是订交四十年的老友，他的处女作《沪渎旧影》就由我作序。这次，又写下这篇粗浅的读后感，祝贺张伟兄这本新著问世，并与他共勉。

二〇一九年七月七日于海上梅川书舍

（原载《近代日记书信丛考》，上海大学出版社，二〇一九年九月初版）

《中国现代作家佚文佚简考释》序

《中国现代作家佚文佚简考释》是宫立的处女作。我是他的博士学位导师，他要我为他这部书写些话，当然义不容辞。

宫立的硕士学位导师是已故的王富仁兄。众所周知，富仁兄擅长现代文学史宏大问题的探讨和理论阐发，宫立对现代文学史料的偏好在硕士阶段就已显露了，这与富仁兄的学术追求并不一致。但富仁兄并不以为忤，反而亲自致电于我推荐他。因此，读宫立这部处女作，我首先就想到了尊重学生学术兴趣的富仁兄。

佚，散失之意也，《孟子·公孙丑问》中就有"遗佚而不怨"之语，而"辑佚"本就是中国古籍整理一个源远流长的学术传统。到了中国现代文学史研究领域，在我看来，所谓佚文佚简，确切地说，如果一位作家已经编辑出版了全集，仍有散失在全集之外的作品和书信被发现，那么，这些集外作品和书信可称为佚文佚简。但如果这位作家的全集并未出版，他的作品只出版了文集和若干作品集，书信也未搜编成集，那么，如果发现了他的文集或作品集未收的作品和书信，称之为集外文和集外书简（如其已出版了书信集的话）似更合适。如果以这个标准来衡量，宫立这部书中所讨论的一部分确实是作家佚文佚简，另一部分则是作家集外文和集外书简，这是首先应该加以说明的。

综观宫立在本书中考释的作家集外文和集外书信，计有集外文十七家：周作人、李劼人、周瘦鹃、郁达夫、郑振铎、夏衍、胡风、聂绀弩、李健吾、钱锺书、何其芳、徐芳、陈敬容、穆旦、黄裳、汪曾祺、李菷；集外书简也是十七家：张元济、蔡元培、陈望道、洪深、袁昌英、田汉、熊佛西和王统照、梁实秋、巴金、朱湘、李霁野、于伶、萧军、吴组缃、赵家璧、曹禺。这是一份相当可观的名单，说明中国现代文学史上这么许多重要的作家、诗人、戏剧家、评论家、翻译家、出版家（只有徐芳、李薇两位文名不大，但徐芳是新诗人，又是第一部《中国新诗史》的作者，也不可小觑）都有或多或少的集外文字散落。如果不是宫立努力发掘，可能还要在书山报海中埋没很长一段时间。据我的不完全的统计，宫立辑集集外文的李劼人、郁达夫、郑振铎、夏衍、胡风、聂绀弩、何其芳、汪曾祺，辑集集外书简的蔡元培、田汉、梁实秋、巴金、朱湘、萧军、曹禺等，均已有"全集"行世，而且郁达夫和汪曾祺已有不止一种全集。这些作家佚文佚简的被发掘，也再次证明现代作家的"全集"不全已成常态。恐怕除了鲁迅，没有一位作家的"全集"可以称得上哪怕是相对而言的"全"，这已是现代文学研究界所面临的一个严重问题。

按照我的理解，所谓作家的"全集"，关键就在于"全"。而要做到"全"，就应该编入这位作家生前创作的所有作品，包括公开发表、出版的所有创作和已知的未刊稿、未定稿、未完成稿等；如有译作，当然也应包括在内；还应包括保存下来的书信、日记、题跋等。至于文学史上的重要作家，他的"少作"，包括中学和大学的习作，如能搜集到，也应编入，以供研究他的文学发展轨迹之需。杨绛大学时代的"散文习作"《璐璐，不用愁!》不也已编入《杨绛全集》了吗？虽然她的第一篇公开发表的译文未能编入，难免令人遗憾。总之，这位作家所有的各种文字形式的留存都应加以搜集，不加删改地编入，只有这样，才是尊重历史而不是有意无意地歪曲历史，对这位作家的研究也才会建立在全面而又可靠的基础之上。如《郭小川全集》（广西师范大学出版社，二〇〇〇年版）收入郭不同历史时期的"检讨书"，《聂绀弩全集》（武汉出版社，二〇〇四年版）收入聂的历次"运动档案"，《冯雪峰全集》（人民文学出版社二〇一六年版）收入冯"文革"时期的"交代"材料，等等，都是符合学术规范的做法，值得肯定。

　　这些本来是并不复杂的道理，甚至只是现代文学史研究的常识，却并非每位中国现代文学研究者都能明白。我想，宫立也是在研究实践中逐渐体会到这项工作的重要性、必要性和紧迫性的，他之所以能专心致志，并持久地从事现代作家集外文和集外书简的发掘和研读，其原因恐怕也在这里。二〇一二年九月，散文家、书话家黄裳先生在沪逝世，拙编《现代中文学刊》拟刊文悼念，与宫立谈起此事，他说正好在查阅旧报刊时见到黄裳先生的集外文，于是就让他整理，他写出了《略谈黄裳的三篇集外文》，刊于同年十月《学刊》第五期（后来扩充为本书所收的《略谈新发现的来燕榭早期集外文》）。这应是宫立正式发表现代作家集外文整理文章之始。从那时至今，整整七年过去了，他一直在进行这项工作，尤其他较早充分利用数据库和网上拍卖信息而不断拓展搜集路径，以至收获不断，这本书就是他的一个阶段性的研究成果，不能不令人刮目相看。他在当今研究中国现代文学的青年学者中，也获得了"宫集外"的美称。

当然，中国现代作家实在人数众多，从文学史角度考察，成就有大有小，因此，并非每个作家都能出版全集，许多作家恐怕出版几卷文集或一册选集，就足以显示其文学成绩了。那么，对这些作家，搜集其集外文或集外书简，又有多大意义？这确是一个值得关注的问题。即便是重要作家，新发现其一篇小说、一首诗或一通书简，是否就会影响到对其总的文学成就的评价？这又是一个必须面对的问题。这些问题，我想，宫立一定也在认真思考。但不管怎样，如果有更敏锐的文学史视野，有更准确的学术判断，还有更扎实的文本分析能力，那么现代作家集外文和集外书简的搜集、整理和研究工作就一定会减少随意性，更具学术性。

宫立已有一个良好的开端，预祝他今后在中国现代文学研究的长途上步伐更加稳当坚实。

二〇一九年十月二日于海上梅川书舍

（原载《中国现代作家佚文佚简考释》，北京大学出版社，二〇一九年十一月初版）

《旧刊有声：中国现代文学佚文辑校与版本考释》序

在中国现代文学文献学的范畴里，辑佚是一个必不可少的重要组成部分。早在三十年前，樊骏先生在他那篇有名的长文《关于中国现代文学史料工作的总体考察》（收入人民文学出版社二〇〇六年初版《中国现代文学论集》上册）中就曾指出：

新时期的现代文学史料工作的最为明显的收获，无疑是收集到和发掘出大量新的史料。首先是收集到大批长期散失的佚文。"五四"以来，除了个别例外，一直没有顾及系统编集出版现代作家的作品，缺漏散佚的现象十分普遍，因此如今的收获也就格外丰硕。

　　此外，朱金顺先生的《新文学史料学》增订本（海燕出版社二〇一八年初版）和刘增杰先生的《中国现代文学史料学》（中西书局二〇一二年初版）等专著中对辑佚也都不同程度地有所论述，特别是刘著还特辟"辑佚空间的拓展"的专节展开讨论。由此不难看出，辑佚工作对中国现代文学史研究的重要性和必要性了。

　　辑佚之所以是中国现代文学文献学研究的题中必有之义，原因是多方面的。一是由于复杂的历史原因，现代作家作品散佚一直十分严重，编订全集就必须辑佚；二是即便作家全集已经编就问世，全集不全的状态仍会长期存在。因此，辑佚工作不会停止，将会一直处于现在进行时。从一九三八年首部《鲁迅全集》出版至今，不断增补的《鲁迅全集》已经出版了至少四种版本。茅盾、阿英、胡风等作家的全集出版后，就再出版了《茅盾全集补遗》《阿英全集附卷》和《胡风全集补遗》。新版的《茅盾全集》《郁达夫全集》《徐志摩全集》《沈从文全集》《汪曾祺全集》等，更是在不断辑佚的基础上，对原先的全集做了大量的增补。而《郭沫若全集》出版至今，已知散佚的文字之多，简直达到了令人惊讶的程度。

现代作家作品的辑佚，在相当长的一个历史时段里，不外通过以下几个途径进行：报纸副刊、文学期刊和丛刊、单行本（尤其是多人合集和为他人作品集所作序跋）、鲜见的他人著作或文章所引录者、各类档案、作家本人或知情者的回忆、未发表的手稿，等等。后来又扩大到所谓的"综合性杂志"，如有名的《东方杂志》《少年中国》《现代评论》《国闻周报》《新中华》《观察》等（其实五四新文学的发端《新青年》月刊也可视为"综合性杂志"）。这些方面的辑佚早已成果累累，不必我再多说。

但是，凌孟华君并不以此为满足。在他看来，现代文学的辑佚工作应该而且必须进一步开拓。如何开拓呢？他认为，与"文学期刊"相对应的"非文学期刊"正是一个新的十分重要的切入口，而所谓的"综合性杂志"完全可以包括在"非文学期刊"之内。更何况像《清华周刊》这样的大学校刊，归入"综合性期刊"未免牵强，但如说是"非文学期刊"，当然不会有歧义。我以为，孟华的看法很有见地，确实为现代作家作品辑佚和从一个新的角度考察现代文学史打开了天地。即以拙编《现代中文学刊》二〇一八年发表的辑佚成果为例，研究者在《聚星月刊》上发现了多篇"东郭生"（周作人）的集外文，在《春秋导报》上发现了沈从文、穆旦、汪曾祺等的集外文，都是"非文学期刊"辑佚的可喜收获，也都验证了孟华的这个主张。

孟华不仅提出了辑佚应该具有"非文学期刊"视野和从"非文学期刊"视角考察现代文学史的观点，更令我感兴趣的是他自己的实践，这部《旧刊有声：中国现代文学佚文辑校与版本考释》就是一个有力的证明。此书共六章，前四章就是孟华在"非文学期刊"上辑佚的考证文字。《国讯》《大中》等刊物，虽然还说不上十分冷僻，但在以往，现代文学研究者很少会把研究的目光投向这些"非文学期刊"。孟华独辟蹊径，遍查《国讯》（包括香港版）和《大中》等"非文学期刊"，果然大有斩获。

《国讯》是中华职业教育社的机关刊物，曾出版沪版、重庆版和香港版，以时政内容为主。但就在《国讯》上，孟华发现了茅盾的小说《十月狂想曲》、郭沫若的演讲《写作经验谈》等、冰心的演讲《写作漫谈》、夏衍的评论《鲁迅先生豫言》、臧克家的新诗《一个遥念》（原题《呜咽的云烟》）等。不仅是发现，还分别做了仔细的校勘和深入的解读。特别是发表于一九四一年《国讯》港版第六期的《十月狂想曲》，系茅盾抗战期间的一篇很重要的小说，竟埋没那么多年，茅盾晚年自己写回忆录也未提及，现在终于由孟华发掘出来，这对茅盾研究的深入无疑有所推动。

创刊于北平的《大中》又有所不同。该刊内容虽然也是时评为主，但文史哲经也占了相当比例，却因出版时间仅九个月而更有"被历史的黄尘湮灭之势"。值得庆幸的是，孟华又在该刊上发现了新诗人吴兴华感人至深的散文《记七妹》，此文对研究吴兴华生平和创作历程均不可或缺；还有俞平伯《为润民写本》的初刊本《为润民写〈遥夜闺思引〉后记》，从而为研究此文的版本变迁找到了可靠的依据。

不仅如此，孟华对"非文学期刊"的追踪还不断扩展，连《旅杭嘉善学会集志》《新新新闻旬刊》等这样十分冷僻的刊物，《学僧天地》等佛教期刊，也都不放过。果然"皇天不负有心人"，又不断有所发现。孟华似乎与俞平伯特别有缘，他在《知识与生活》一九四七年第六期上发现的俞平伯的长文《"宣传""党"这两个词你怎样看法?》真是太重要了，大大有助于"彰显"一九四〇年后期"另一个角度的俞平伯面影"，而他的分析也很周详。至于与俞平伯关系密切的叶圣陶，孟华也在《学僧天地》一九四八年第四期上发现了他的演讲词《语文学习浅说——在玉佛寺佛学院讲》。此讲稿虽由僧人记录，但已经叶圣陶本人"费时半日""订正"，因此，与一般未经演讲者本人审定，不能简单地归之于佚文不同，完全可以视为一篇叶圣陶的正式佚文。这篇演讲词很精彩，至今读来仍颇受启迪，而孟华的考证也很精彩，引人入胜。

除此之外，孟华此书中还有不少亮点，他提出应对现代名家集外文整理再认识，他认为应加强对现代重要作家经典名作版本的研究，都深得我心。他对冰心翻译的《吉檀迦利》的汇校，尤其值得注意。根据孟华的查考，冰心翻译的诺贝尔文学奖得主泰戈尔的获奖诗集《吉檀迦利》最初连载于一九四六年《妇女文化》第一卷第一、三、四期，同时他仔细核对了以往的研究者在记录这个初刊本时的各种错讹。在此基础上，他又以《妇女文化》初刊本为底本，将之与一九五五年初版本和此后的七种版本进行汇校，较为详尽地呈现了冰心此译本各种版本的来龙去脉。现代作家许多重要作品有不同的甚至是令人目眩的众多版本，因此，汇校成为现代文学文献学研究的又一个重要组成部分，越来越受到重视。二十世纪八十年代的《女神》汇校本（桑逢康汇校)、引起过争议的《围城》汇校本（龚明德主持），近年的《边城》汇校本（金宏宇汇校）和最近才问世的《穆旦诗编年汇校》（易彬汇校）等，都是这方面的有益尝试。然而，迄今为止，汇校只限于文学创作，似并未涉及外国文学的翻译，如傅雷译巴尔扎克的长篇《高老头》，也是名著名译，就有一九四六年初版本、一九五一年重译本和一九六三年修订本，如加以对照分析，一定很有意思。从这个角度而言，孟华把冰心译《吉檀迦利》各种版本进行汇校，显然是一项填补空白的具有开创意义的学术努力，不管孟华自己是否意识到。

还有，孟华对张爱玲散文集《流言》一九四五年武汉大楚报社"再版本"的梳理也值得注意。这是《流言》的一个特殊版本，孟华的梳理十分仔细，从发现过程到何以流传稀少，从封面到纸型到版面的差异，都有所论列。这个《流言》版本与北方的偷印本显然有所不同，但考虑到当时胡兰成在主持大楚报社，所以该社"快读文库"中推出《倾城之恋》单行本，"南北丛书"中推出《流言》单行本，恐怕都是胡兰成的主意和具体实施的。所谓"以俾于文艺复兴运动稍尽微力"云云，说得漂亮罢了，张爱玲本人可能并不知道。当然这只是我的推测，有待更多史料出现进一步证实。

　　总之，孟华此书无论是辑校佚文还是考释版本，都颇有新意，颇见功力，虽然个别篇章在以小见大的同时略嫌烦琐。而他所提出的现代文学辑佚的"非文学期刊"视野和从"非文学期刊"视角考察现代文学史的观点，更给现代文学文献学研究者以很大的启发，说明了他对现代文学文献学研究的深入思考和努力实践。我相信，孟华以此书为开端，锲而不舍，不受各种干扰坚持下去，一定能对现代文学文献学研究乃至整个中国现代文学史研究做出新的贡献。

　　　　　　　　　　　　己亥年盛夏于海上梅川书舍

　　（原载《旧刊有声：中国现代文学佚文辑校与版本考释》，中国社会科学出版社，二〇二〇年五月初版）

诚品『上海文学生活游逛志』序言

最新的考古发掘证明，上海的历史已经可以追溯到一千三百多年之前。上海的文脉无疑也源远流长，自唐宋以降，白居易、杜牧、苏轼、陆游、王安石、秦观等古代文学史上的大家名家都曾为上海留下诗文。

近代以来，上海文学在中国文坛上的地位更是举足轻重。现在公认的中国近现代通俗小说开山之作《海上花列传》诞生在上海，作者韩邦庆就是上海人。晚清"四大谴责小说"、哀情名作《玉梨魂》等，都与上海密切相关。清末民初，上海文坛作者之众，刊物之广，小说种类之多，各种文学活动之频繁，绝非我等今天所能想象。

五四新文化运动勃兴后，上海更是执全国新文学之牛耳。文学研究会和创造社两个成立最早也影响最大的新文学团体，均以上海为主要据点。《小说月报》的改革，第一个新诗杂志《诗》、《创造》季刊等一系列创造社刊物以及《新月》杂志的创刊，胡适《尝试集》、郭沫若《女神》、郁达夫《沉沦》、丁玲《莎菲女士的日记》的问世，都在上海。"四大"文学副刊，上海也占了《时事新报·学灯》和《民国日报·觉悟》"两大"，与北京平分秋色。此后相当长一段时间里，新文学与通俗文学在上海文坛此消彼长，各显神通。

整个二十世纪三十年代是上海新文学的黄金期。鲁迅来到上海定居，先与郁达夫合作创办《奔流》，又在《申报·自由谈》纵横驰骋，他后期的"且介亭杂文"成为重新认识上海和中国的一把钥匙。中国左翼作家联盟和新月派、新感觉派、论语派等各种文学社团流派争奇斗艳，早逝的徐志摩、幽默的林语堂等也都是当时上海文坛的风云人物。《北斗》《现代》《文学》《新诗》等大型文学杂志相继创办，"良友文学丛书""文学丛刊"等大型文学丛书陆续出版，直至《中国新文学大系》的编纂，天津《大公报·文艺》发行上海版，均为新文学提供了更大的传播空间。茅盾《子夜》、巴金《激流三部曲》、曹禺《雷雨》、老舍《骆驼祥子》和夏衍《上海屋檐下》等新文学标志性作品在上海先后出版，新文学与电影、戏剧、音乐和美术的联姻，更使上海文坛丰富多彩。至于张恨水的南下，《啼笑因缘》等作品在上海一纸风行，也说明通俗文学（以前称之为"鸳鸯蝴蝶派"）仍保持强大的生命力。

抗战爆发，上海成为孤岛，抗日救亡成为孤岛文学的最强音。周天籁的《亭子间嫂嫂》、秦瘦鸥的《秋海棠》则为通俗文学再次加分。近四年上海沦陷时期，张爱玲横空出世，小说集《传奇》和散文集《流言》不胫而走，使人惊艳，为新文学的发展提供了另一种可能。当然，苏青的《结婚十年》也不能不提。到了二十世纪四十年代后期，《文艺复兴》上连载的钱锺书《围城》、巴金《寒夜》，《文汇报》上连载的师陀《离婚》等长篇，还有戴望舒的新诗集《灾难的岁月》，均为这些作家的炉火纯青之作，而"九叶诗派"汇聚沪上，对中国新诗的"现代化"做出了新的探索……

以上这样的概述，一定挂一漏万。但是，上海，上海，不仅是中国最大的现代化都市，是经济之海、建筑之海、时尚之海……更是文学之海，却是不容置疑的。

光阴荏苒，而今那个令人遐想的文学时代已经离我们越来越远了。因此，在诚品书店上海店开张之际，我们制作了"上海文学生活游逛志"，努力重回上海文学史现场，再现当年上海的文学风貌。

首先，我们挑选茅盾《子夜》、穆时英《上海的狐步舞》、施蛰存《在巴黎大戏院》、张爱玲《传奇》、周而复《上海的早晨》、白先勇《永远的尹雪艳》、王安忆《长恨歌》和金宇澄《繁花》等各个不同历史时期描绘上海的新文学代表性作家或他们的代表性作品，梳理这些有名的长篇小说是如何描写上海这个迷人的城市的，包括这些作品中出现的上海地名、马路、建筑、公园、商店、影剧院、饭馆、咖啡厅、住宅……绘制一份生动别致的"上海文学生活地图"。

其次，我们编选了《时光》别册，约请专家学者用他们的生花妙笔简要介绍与上海文学和文化相关的方方面面：作家故居、文学出版与书店街、作家流连忘返的旧书摊、作家光顾过的老饭店、作家笔下的上海饮食、作家写作与咖啡馆、作家爱去的电影院、上海的文学副刊、上海的文学杂志、文学作品中的上海时尚、文学作品中的上海话、世界文学文化名人在上海等，一言以蔽之，力图重新勾勒上海不同时期作家日常生活与文学的密切关系。

第三，我们还编辑了《文学·上海·日历》，追溯上海文学史上的"今天"。"今天"哪些上海的或与上海息息相关的作家出生和逝世，哪些上海的文学杂志和文学副刊在上海创刊或停刊，哪些重要作品在上海刊登或出版，哪些文学社团在上海创立，哪些文学宣言或声明在上海发表，哪些文学出版机构和书店在上海开张，哪些文学活动在上海举办，哪些文学争鸣在上海发生……从而为文学上海绘制一份较为完整的大事年表。

"上海文学生活游逛志"是具体的，上述三个方面，尤其是第一、第三方面，将会不断呼应、互动和调整，互相推进。"上海文学游逛志"又是开放的，欢迎海内外所有对上海文学感兴趣的朋友的共同参与，以使之不断丰富完善。

愿"上海文学生活游逛志"能成为海内外文学爱好者进入上海文学、了解上海文学并进而喜爱上海文学的良伴益友。

二〇一六年五月二十五日于海上梅川书舍

《新文学百年风华》序

山东（聚雅斋）文学艺术博物馆创立至今已经四年，时间并不长。那年济南行，有机会首次参观，说老实话，开始并不抱奢望。不料走马观花一圈之后，才发现自己大错特错。此馆果然了得，馆主徐国卫兄以一己之力，锐意穷搜，收藏了那么多中国文学艺术珍品，不能不令人刮目相看。

聚雅斋珍藏的中国早期油画之多之系统，已经使我叹为观止，目不暇接。但我研究中国现代文学史，自然对该馆收藏的新文学书刊和相关史料格外留意。老舍文献特藏（包括令人惊艳的《老舍点戏》手稿）、第一次全

王独清著《IIDEC·》书影

国文代会文献特藏……都足以骄人，足以深深吸引现当代文学研究者。更难得的是，国卫兄并不以所藏为私密，而是办《聚雅》杂志，开学术研讨会，分期分批公之于世，使不少研究者从中得益，这是特别值得称道的。

今年是五四新文化运动一百周年，国卫兄又费心费力编选了这部《新文学百年风华》书影集以为纪念。我以为，他从个人收藏的角度展示新文学单行本书影的千姿百态，再加上必要的文字解说，用这样的方式回顾现代文学史，向新文学先驱者致敬，虽然只是一部选本，无法齐全，却是别具一格，盛情可感。

这部新文学书影集分"初始"（一九〇〇——一九一九）、"萌动"（一九二〇——一九二九）、"发展"（一九三〇——一九三九）和"成熟"（一九四〇——一九四九）四个阶段，试图以此大致反映新文学的进程。如此分期，恐怕文学史家未必认同。不过，这并不重要，重要的是新文学作品大家庭中不少公认的重器，从林纾译《黑奴吁天录》初版本到周氏兄弟译《域外小说集》第一册，从胡适《尝试集》初版本到林风眠作封面、司徒乔插图的韦丛芜《君山》初版本，从郭沫若《女神》初版本到刘半农《扬鞭集》线装本，从闻一多《死水》初版本到施蛰存《追》初版本，从老舍《老张的哲学》初版本到

《骆驼祥子》初版本，从王统照《山雨》初版本到钱锺书
《围城》初版本，许许多多珍稀的名作初版本，都在这部
书中出现身影，使读者惊鸿一瞥，大饱眼福。

在这部书中，还有不少虽然不是初版本，如蒋光慈
《丽莎的哀怨》再版本、张恨水《虎贲万岁》再版本、
赵清阁《生死恋》上海初版等，也都难得一见，都值得
注意。其实，不仅是初版、再版本应该珍视，即便是后
来的版本，如书中收入的朱自清《背影》九版本、周作
人译《两条血痕》五版本、《志摩的诗》六版本、茅盾
《子夜》湘二版和曹禺《北京人》六版本等，不也说明
这些著译当时深受读者欢迎，流传之广，影响之大吗？
因此，新文学作家尤其是名家作品的初版本，也许我们
大都已经知晓，而此书在一九四九年以前到底印行了多
少版，反而大都没有版本信息，混沌不清，这正是现代
文学版本学研究的一个缺失，也是我在翻阅这部书时所
想到的现代文学文献学所面临的一个新挑战。

特别应该提到的是，这部书中还收录了很可能是孤本
或只有一两本存世的新文学代表性作品。王独清一九二八
年十一月出版的诗集《IIDEC·》曾受到鲁迅批评，《中国
现代文学总书目》也已著录此书（目前所知全国仅一家图
书馆收藏），但鲁迅为什么批评这部长诗？从未见研究者

讨论，这个问题长期悬而未决。而今复旦大学中文系郜元宝兄终于在聚雅斋中找到原书，正身既已验明，他的精彩的论文也就撰就，即将在拙编《现代中文学刊》发表。这是一个显著的例子，正可证明这部书影集的文献价值。

除此之外，这部书中收录的有些现代文学著作虽然较为冷僻和少见，但研究者或会从中受到启发，得到新的线索也未可知。那么多有名无名的新文学书籍，它们或艳丽或朴实，异彩纷呈的装帧设计，一定也会使新文学副文本研究者和新文学传播研究者感到惊喜。

总之，国卫兄编选的这部《新文学百年风华》既可作为现代文学史学者专业研究之参考，也可作为现代文学初学者的入门图录。我与国卫兄虽只见过几次面，但他对收藏尤其是新文学收藏的执着和投入，给我留下了很深的印象，故乐于为这部书作序推荐。希望读者喜欢这部书，也希望这部书的出版能有助于更多的人对中国现代文学产生兴趣。

乙亥盛夏于海上梅川书舍

（原载《聚雅·新文学百年风华》，吉林美术出版社，二〇一九年五月初版）

『重走郁达夫之路』

——《归羊》序

　　我在"新浪"开微博多年，可喜的收获之一就是结识了不少喜欢中国现代文学的"脖友"（微博谐音"围脖"）。一个偶然的机会，我注意到了名叫"汪军东西均"的微博，以及这个微博不断介绍的"重走郁达夫之路"。"重走郁达夫之路"有图有文，图都是稀见的老照片，文则直奔主题，干净利落，因此，我多次转发并加以评论，记得有一条是这样说的："在郁达夫研究中，他安庆时期的活动和写下的 A 城系列小说，一直是个薄弱环节，所以，'重走郁达夫之路'活动应该充分肯定。"

　　汪军是安徽安庆人，他深爱自己的故乡，对安庆这座长江之畔的历史文化名城有着特殊的感情，因此，他担任了皖江文化研究会会长。"重走郁达夫之路"正是皖江文化研究会每年一次的"寻拍老安庆"系列活动之一。作为安徽省的老省城，"桐城派"的故里，安庆人文积淀深厚。汪军他们每年变换一个主题，发掘快要湮没的历史信息，寻拍劫后幸存的历史遗迹，吸引了不少年轻的朋友，在当地产生了越来越大的文化影响。去年他们的活动主题是"追寻黄炎培先生足迹"，我在汪军的微博上看到了黄炎培先生之子、经济学家黄方毅教授也参加了。

回到"重走郁达夫之路"，准确地说，"重走"的是"郁达夫安庆之路"。喜欢郁达夫的也许都知道，郁达夫一生数次踏上安庆土地，主要有两次：第一次是一百年前，即一九二一年十月到安庆，执教安徽公立法政专门学校，从而开启了他的教学生涯；最后一次是一九二九年九月底到安庆，拟担任安徽大学文学院教授，但仅一个星期即返回上海。这两次安庆之行，尤其是第一次，在郁达夫的文学创作史上留下了深刻的印记，产生了《茫茫夜》《秋柳》《茑萝行》《迷羊》等"A地系列小说"。

一九二一年九月初，郁达夫从日本回到上海，到泰东图书局接替郭沫若主持《创造季刊》创刊编辑工作，

郁达夫在安庆任教的安徽公立法政专门学校旧址

在初步编定《创造》创刊号目录并在九月二十九日上海《时事新报》刊出《纯文学季刊〈创造〉出版预告》之后，郁达夫即乘船赴安庆，十月一日抵达，次日就到法政专门学校报到。当时安庆高校为吸引京沪当地的教育人才，采取高薪聘用政策，郁达夫教授英语、欧洲革命史等课程，月薪两百元（沈雁冰当时在商务主编《小说月报》，月薪才一百元）。郁达夫到安庆最初四天的观感，后有《芜城日记》记之，这也是目前所知郁达夫在国内报刊上发表的最早的日记。

就在郁达夫抵达安庆的当月，他的成名作中短篇小说集《沉沦》由泰东图书局初版，郁达夫由此在中国文坛上震惊四方。《沉沦》的问世，"在中国的枯槁的社会里面好象吹来了一股春风"（郭沫若《论郁达夫》），激烈的争议也接踵而至。为此，郁达夫十一月廿七日在安庆给北京的周作人寄去一本《沉沦》和一封英文函，希望周作人"出自内心对我的作品进行批评"，促使周作人四个月后在《晨报副刊》"自己的园地"专栏发表了书评《沉沦》。这就是中国现代文学史上颇为有名的"《沉沦》事件"，而这事件必不可少的一环是在安庆。

郁达夫在安庆执教这个时期，显然是《沉沦》思绪的延续。一个刚崭露头角的新文学作家，在安庆这座古城里，结识张友鸾等年轻同好，纵论中外文学，又留意日出日落，也不免醇酒妇人，这种生活正是郁达夫所一直向往的那种自然主义的生活方式。以这段人生体验为背景，郁达夫在紧张的教学之余，赶写小说《茫茫夜》，一九二二年二月寒假回上海后定稿，替代《纯文学季刊〈创造〉出版预告》中预告的《圆明园之秋夜》编入《创造季刊》创刊号发表，从此拉开他的"A 地系列小说"的序幕。《茫茫夜》的主人公名于质夫，作为郁达夫小说中极具代表性的"零余者"艺术形象，于质夫这个人物不仅贯穿了《茫茫夜》《秋柳》等"A 地系列小说"，而且还出现在《怀乡病者》《风铃》等郁达夫早期小说之中，其影响之大，以至于郁达夫友人易家钺（易君左）在他的以郁达夫为原型的小说《失了魄的魂》（收入《西子湖边》，泰东图书局一九二四年六月初版）中的主人公也名游质夫。

五年之后，安庆的这段生活仍使郁达夫挥之不去，无法忘怀，于是他再次拿起笔来，写下了中篇小说《迷羊》（北新书局一九二八年一月初版）。他在《〈迷羊〉后叙》中开宗明义："五六年前头，我在 A 地的一个专门学校里教书。这风气未开的 A 城里，闲来可以和他们谈谈天的，实在没有几个人。"尽管仍是追述安庆这一段时光，地点仍在"A 地"，但《迷羊》主人公的名字改了，不再叫于质夫而叫王介成。当然，不管是于质夫，还是王介成，安庆是郁达夫这一时期小说创作的一个重要源泉却是始终如一。

郁达夫对安庆留下美好而又复杂的记忆，不断形诸笔墨，除了《茫茫夜》《秋柳》《迷羊》，他在《茑萝行》中也写到"A地"，而安庆也没有忘记郁达夫。省立安徽大学成立后，文学院又于一九二九年九月电聘郁达夫担任文学教授，月薪三百四十元，而且先预支一个月，待遇不可谓不高。他于是在九月二十九日再到安庆，入住百花亭安徽大学。第二天是"清秋的好天气"，他发信周氏兄弟等好友报告行踪。接下来几乎天天"晴爽"，他会友访古，还校读译稿，颇为忙碌。原计划十月七日即开讲"文学概论"，不料十月六日突然冒雨乘船返沪，"行李衣箱皆不带，真是一次仓皇的出走"（以上引自郁达夫《断篇日记》）。原来友人邓仲纯及时通报郁达夫有人要加害于他。郁达夫与安庆的因缘由此画上令人遗憾的句号。

上面所说的这些，汪军想必早已有所考索，烂熟于心。他还在《两个觉醒》的微博中进一步指出："作为辛亥革命重要策源地之一的安庆，是一座铁血城市，二次革命失败后，以岳王会为骨干的革命党人对皖北倪嗣冲军阀的抗争一刻都没有停止。《新青年》集结了皖江党人，直皖战争皖系战败又是一个契机。在陈独秀、胡适等旅京旅沪知识分子鼓励下，一九二一年安庆先后爆发'六二'学运和'驱李'运动，庆祝'驱李'胜利的万人大游行彰显了蓬勃的市民精神。正是这些元素构成了郁达夫'Ａ城系列小说'的背景，他要表达的正是市民精神的觉醒。《秋柳》中的陆校长，就是郁达夫任教的安徽公立法政专门学校校长光明甫，安徽知识界的灵魂人物……而延续日本《沉沦》时代，郁达夫'Ａ城系列小说'大胆地暴露自己的内心世界和隐私欲望，又是人的觉醒，这也是五四新文化运动的产物。"如此为郁达夫在安庆的生活和创作定位，无疑是颇具启发的。

或许正是从这"两个觉醒"的认识出发，"重走郁达夫的安庆之路"，久而久之，汪军萌生了一个新的大胆的想法，那就是创作一部小说，让于质夫仍然当主人公，让于质夫重归安庆，再现他在安庆的日日夜夜和在"两个觉醒"中的心路历程，这就是这部六万多字的《归羊》。

我读完《归羊》后发现，这部小说的行文是郁达夫式的。小说从于质夫最后一次到安庆开始叙述，不断穿插于质夫第一次到安庆的追忆，字里行间处处散发着生命觉醒的气息，以及对"两个觉醒"的强烈渴望。在《归羊》结尾，于质夫与文学院杨院长曾有一番长谈，两人共同回顾了安庆那段风云激荡的岁月。杨院长当为杨亮功，后来也担任过安徽大学校长。安徽自治运动期间，他是省立第一中学校长，才二十多岁，与法政专门学校校长光明甫、省立第一师范校长李光炯等在一起，同声相应，同气相求。时隔八年，于质夫与杨院长的精神再次发生交集，拥有这一段共同的人生记忆。这是《归羊》的激昂之处，透露出一缕光明的温暖、一丝希望的憧憬，这也是那个时代的"两个觉醒"赋予于质夫的生命色彩。

汪军的《归羊》重新构思了于质夫的大结局，虽然晚了近一个世纪。这部小说中于质夫生命意识的高扬，不也象征着郁达夫灵魂的复活与再生？这是一场跨越时空的文化意识的对接，也是一个极有意思的尝试。而且，《归羊》也可视为"重走郁达夫之路"的一种特殊方式。明年正好是郁达夫到安庆一百周年，小说《归羊》的出版和"重走郁达夫之路"活动的继续，是今天"A城"也即安庆市民对郁达夫的最好的纪念，故我乐意为之作序。

庚子年三月初一于海上梅川书舍

（原载《归羊》，安徽文艺出版社，二〇二〇年四月初版）

『后来居首届文化名人信札展』序

近年来，收藏界越来越看重中国近现代文化名人的信札和手稿，只要关注一下网上网下拍卖竞拍的热点，就可明了。这是完全可以理解的，因为信札和手稿往往承载着可能是不为人知的历史和文化信息，一通信札在手，既可赏玩书艺，又可析读内容，从中破解大小谜团，探寻历史真相，其鉴赏、研究和收藏价值，自不待言。

"后来居"主人喜收藏，尤爱中国近现代文化名人信札，锐意穷搜，历年搜集所得，已蔚为大观。此次集中展示，真是琳琅满目。其中既有政界显要的墨宝，更多文坛艺苑名家的书札和手稿。巴金、陈子展、楼适夷、赵家璧、徐訏、纪弦、汪曾祺、吴冠中等的信札，田汉、罗家伦、曹禺等的手稿，都令我眼前一亮，感到意外的惊喜。

我研究中国现当代文学，因此，落款"六，二八夜"的楼适夷致牛汀毛笔函，就引起了我的特别注意。楼适夷是二十世纪三十年代左翼作家，八十年代初是人民文学出版社顾问。此信书于"人民文学出版社"信笺上，共三页，一气呵成，是一通上佳的楼适夷书法作品。不仅如此，信中还透露了不少重要线索，值得略作考释。

此信收信人牛汀即牛汉，是"七月派"诗人，时任《新文学史料》主编。楼适夷在此信中与牛汉讨论了"《史料》"即《新文学史料》的编辑方针和用稿得失。信中第二页有一句："纪念徐雉一文七期能发吗"？查《新文学史料》，徐雪寒作《诗人徐雉同志的一生》发表于一九八〇年十一月二十二日总第九期，比"第七期"晚了两期。由此可以推断，楼适夷此信写于一九八〇年六月二十八日。

信中还用一整段讨论蒋锡金作《"左联"解散（信中误作"解放"——笔者注）以后党对国统区文艺工作

领导的亲历侧记》一文。此文虽然已经在一九七九年八月《新文学史料》第四辑发表，但楼适夷显然对此文并不满意，认为此文"题目很大，内容琐杂"，对发表此文委婉地提出批评，并提醒牛汉"这位同志很勤奋有才能，就是有时不免浮夸，请加注意"。这些都是我们以前所不知道的。

尤其应该提到的是，楼适夷在信中告诉牛汉：

去年我向周扬同志提出，请他写纪念雪峰的文章，他文章没写，回了我一封信，没说要发表，我也未提过请他发表。我回过信表示了两点不同的意见。现在韦君宜给我信要将此信编入周的论集。因我不在手边，黄炜也出差去了，答应六月交她。家里孩子送去，她已出国，无人代收，故未交出，此事请告知屠岸或李曙光同志，好在我就要回来了，大概总来得及吧。

这是一段涉及周扬冯雪峰恩怨的文坛故实，更为引人注目。韦君宜当时是人民文学出版社社长，主管《周扬文集》的编辑出版。"去年"当指一九七九年，也就是说楼适夷与周扬在一九七九年就即将召开追悼会的冯雪峰通过信，韦君宜设想《周扬文集》收入周扬此信。

巧的是，也就在《新文学史料》一九八〇年十一月二十二日总第九期上，发表了《周扬同志致友人的一封信》。此信正是作于"一九七九年五月一日"，信中正是回忆他与冯雪峰一九七五年秋最后一次见面和讨论冯雪峰在见面后写的绝笔《锦鸟与麻雀》（寓言）。所以，此信应该就是上述楼适夷告诉牛汉的这封周扬回信。合理的解释应该是，楼适夷回京后检出周扬此信交给牛汉，牛汉将其在《新文学史料》先期发表了，只不过发表时隐去了收信人姓名，标题中以"友人"代之，收信人抬头也改为"××同志"。

令人费解的是，周扬这封致楼适夷回顾他与冯雪峰关系的重要的信，最后并未如韦君宜所愿收入一九九四年八月人民文学出版社出版的《周扬文集》第五卷（此卷收入周扬一九七八年后的作品）。直到二〇〇四年三月，山西人民出版社出版徐庆全编《周扬新时期文稿》（上下册，后未正式发行），才收入了周扬这封信，题为《关于冯雪峰的信》，收信人恢复抬头"适夷同志"，还附录了楼适夷一九七九年四月八日、十月七日致周扬的两封信和冯雪峰的绝笔《锦鸟与麻雀》。如果我们没有读到楼适夷一九八〇年六月二十八日致牛汉的这封信，周扬写这封信的缘由和这封信的发表以及收入文集的完整而有点曲折的过程也就无从知晓了。

楼适夷致牛汉这封信的作者、收信人以及信中提到的蒋锡金，都是我认识并有过交往的前辈，因此我见到我很熟悉的楼适夷的字，读到此信的众多内容，倍感亲切。通过上述的简要考证，我又加深了对此信的理解，真应该感谢珍藏此信的"后来居"主人。

"后来居"主人收藏的文化名人书札和手稿中，类似甚至更有意义的亮点一定还有许多，我只不过举了一个我感兴趣而与我又有点关系的例证而已，我期待广大读者有新的发现。

祝首届"后来居文化名人信札展"圆满成功，也祝"后来居"的文化名人信札收藏越来越丰富多彩！

二〇一八年九月二日于海上梅川书舍

符立中兄是李欧梵先生介绍我认识的。《上海摩登》中译本出版之后，李先生常来内地讲学，我也就常有机会与李先生见面，向李先生请教。我们之间的话题除了中国现代文学，还有一个主题，那就是西方古典音乐，因为我们都是古典音乐的发烧友。所不同的是，除了交响乐，李先生最看重歌剧，而我则对室内乐情有独钟。有一次李先生来沪，我们边喝咖啡边聊天，他突然告诉我，台湾有位年轻朋友，写歌剧赏析文字写得真好，对民国电影也颇为熟悉，你们不妨联系联系。对我而言，这当然是个大好消息。虽然我对歌剧只是浅尝辄止，虽然我对民国电影也所知不多，但海峡彼岸有人与我有这么多共同的爱好，毕竟难得。于是，遵李先生之嘱，与立中开始了交往。

有趣的是，认识立中，是李先生搭的桥，古典音乐结的缘。很快与立中熟识，联系马上跨入"热线"阶段，却是由于张爱玲。立中来沪，我们一起到张爱玲故居常德公寓底层的"千彩书坊"咖啡馆小坐，聊了半天张爱玲还意犹未尽，我才知道他对张爱玲也如数家珍。我欣喜地发现，他对张爱玲不是一般的喜欢，就像其他许多台湾青年人那样，而是确有专门的学术层面的研究，颇有会心。他对张爱玲小说的解析、对张爱玲与中外电影密切关系的梳理，都做得很出色。尤其是他把张爱玲的文学创作置于近现代上海文学演变的整体脉络中加以考察，更令人刮目相看。

因此，二○一○年为纪念张爱玲诞生九十周年和逝世十五周年，在北京大学"百年讲堂"举行引人注目的"张爱玲的文学世界"研讨会，特邀立中参与并主讲"张爱玲与视觉艺术"，也就顺理成章了。会后，他又与宋以朗兄合作主编了《张爱玲的文学世界》一书，书中附录《张爱玲大事记》出自他的手笔，披露颇多第一手的重要史料，同样可圈可点。

在张爱玲研究上，立中与我有同嗜，那就是注重史料的查考与发掘。不妨再举些例子。宋淇、邝文美夫妇与张爱玲的友谊早已广为人知，宋淇写过有名的《私语张爱玲》等文也早为学界所知，但是邝文美是否写过关于张爱玲的文字，张爱玲研究界长期以来一无所知。正是立中在一九五七年七月香港《国际电影》上找到了邝文美以笔名章丽发表的《我所认识的张爱玲》这篇讨论张爱玲文学成就的回忆文字，从而填补了张爱玲研究的一个空白。

又比如，我今年五月访问台北，在"旧香居"举行的座谈会上宣读研究报告，介绍张爱玲一九四六年用"世民"笔名在上海《今报·女人圈》创刊号上发表的佚文《不变的腿》，立中就接着发言，对我的这个发现表示完全认同，并运用他丰富的好莱坞电影史知识，对拙文做了必要的补充。

然而，立中对台湾文坛的熟稔，却是我所特别看重的。他经常向我介绍台湾文坛的书、书人和书事，从五十年代一直说到当下，使我对台湾文学的前世今生和来龙去脉有了新的认识。这部《对谈白先勇：从"台北人"到"纽约客"》就是他研究台湾文学重量级作家白先勇的一个可喜成果。

白先勇多姿多彩的文学生涯已将近六十年了，他在台湾文学史乃至整个中国当代文学史上的地位举足轻重，已不需要我再来饶舌。如果从欧阳子研究白先勇的名著《王谢堂前的燕子》算起，海峡两岸三地白先勇研究的成果，无论是单篇论文，还是整部专著，也早已汗牛充栋，蔚为大观。立中这部书虽然是晚近的新著，却是与众不同，独树一帜。

书名"对谈"两字，清楚地揭示了本书的特色。立中当过文艺记者，他长期追踪白先勇，对白先勇这么多年在中国台湾、大陆和美国的文学艺术活动，无论大小，都了如指掌。但本书又不是浅层次的我问你答，而是与白先勇的深度学术对谈。"对谈"者，互相提问、讨论、求证、对话，碰撞出思想的火花之谓也，这项学术工作对提问者提出了更高的要求。当然，"对谈"还有另一层的含义，即研究者在自己的研究文章里与被研究者"对谈"，通过这样更为广泛深入的"对谈"，揭示被研究者作品中的鲜为人知的一面。因此，立中若不是对白先勇的作品很下过一番苦功，对白先勇的文学道路有真切的认知，本书是断不能完成的。

在我看来，白先勇的文学生涯大致可分为两大阶段：一是致力于小说创作和文学编辑；二是倾情于以

《牡丹亭》为代表的昆曲的复兴。立中的书恰恰对这两个方面都有所侧重，而不像当下大多数白先勇研究者有意无意忽视白先勇的后一阶段。立中既回顾了白先勇创办《现代文学》的峥嵘岁月，也分析了白先勇从“台北人”到“纽约客”小说创作的不同阶段，又对白先勇制作唯美版《牡丹亭》的“跨世纪青春追寻”作了颇为全面的阐释。他还把根据白先勇小说改编的电影和戏剧也纳入了考察的范围，这也是以前研究者甚少关注的。与此同时，书中还引入白先勇同时代作家的专访和回忆录，以进一步展示白先勇丰富多样的文学世界。

更难得的是，立中与白先勇的“对谈”学术视野十分开阔，颇收古今中外融会贯通之效。他既看重白先勇的创新，也追溯白先勇的师承。他爬梳白先勇小说作为“都会传奇”对张爱玲的承继脉络，他探讨白先勇小说对过往文明和繁华的表现与美国文学“南方神话”相关意涵的牵连，他还从内外两个层面剖析《台北人》《纽约客》的音乐密码。尤其是他在“对谈”中不断提醒我们白先勇与中外电影的密切关系，不仅把白先勇的小说置于文学谱系中解析，同时也置于影剧谱系中梳理，这样就为白先勇研究增加了一个新的不可或缺的维度，在在给我们以耳目一新之感。

研究白先勇，是符立中兄学术探求上堪与张爱玲研究并驾齐驱的又一重点。这本《对谈白先勇》从某种意义讲，虽然未必全面，却可看作一部别开生面的关于白先勇的学术传记，它提供了许多研究白先勇的新的重要线索，打开了更为深入地研究白先勇的新的空间。我敢大胆预测，凡研究白先勇者，都不可不读此书；凡研究台湾文学史者，也都不可不读此书也。

是为序。

乙未冬于海上梅川书舍

（为现代出版社二〇一五年九月初版《对谈白先勇：从"台北人"到"纽约客"》而作）

《父亲是扇门》序

《父亲是扇门》是王小平兄的新书，书名起得真好。承他不弃，嘱为这本书写些话，写什么呢？还是从我与其父王仰晨先生的交往说起吧。

我认识仰晨先生是在一九七七年夏天。先生当时负责主持人民文学出版社《鲁迅全集》的编辑和注释工作。我从上年十月起参加"上海师大中文系鲁迅著作注释组"工作，参与鲁迅后期书信的注释。这年夏与注释组同事到北京调查访问，因此有幸拜见聆教。记得人文社鲁编室的同人，以及各地到京参加注释定稿工作的同仁，都亲切地称他为"王仰"，我也就跟着这样称呼，虽然我是其中最为年轻的一辈，本应尊称他"先生"的。

我曾在朝内大街人文社招待所住过半年。每天一早到鲁编室参加书信注释稿讨论，走过王仰的办公室，就看到他已经坐在办公桌前埋首看稿。一九八一年版《鲁迅全集》那么多条长短注释，就是这样一条一条，逐字逐句，由王仰过目审定的。王仰给我的印象是比较严肃，不苟言笑。我有时没大没小，会与参加注释工作的蒋锡金先生、林辰先生、王景山先生等前辈开开玩笑，但对王仰却不敢。

《鲁迅全集》问世后，王仰又主持和参与了《茅盾全集》的编辑工作，担负了《瞿秋白全集》文学卷的终审工作。老人家一九八六年离休后，又与巴金先生合作十余年，共同完成了《巴金全集》和《巴金译文全集》的编辑工作。想想他在离休之后还完成了这么多工作，实在了不起！只有王仰这样杰出的编辑家，才能接连担任如此重要的编辑定稿工作，鲁迅、茅盾和巴金三位文学巨匠的全集（巴金还包括译文全集），犹如二十世纪中国文学史上的三座丰碑，都融入了王仰的心血。

在鲁编室工作期间，我与王仰的接触其实并不多，那时他有许多许多事要做，太忙了。有意思的是，进入

九十年代以后，我们却有多次通信。那是在他编辑《巴
金译文全集》期间。《译文全集》要收入"西班牙问题
小丛书"（六册），查找初始的版本颇费周折，早在一九
九〇年七月二十四日，后来在一九九四年六月十二日巴
老致王仰的两封信中都说到过这件事。王仰后来想到我
在华东师大图书馆工作，曾在来信中嘱我设法在上海查
找，并在信中指示了路径："前托代找的书，不知有眉
目否，殊念。这事仍恳助以鼎力。上海图书馆正在搬
家，或不易借书，不知作协图书馆或徐家汇图书馆能否
觅得。前信曾请转托魏绍昌同志试试，不知他有无办
法。总之拜托了。天热，以这琐事相扰，深感疚歉，亦
望见谅。"（一九九六年六月二十五日）

　　我后来应该找到了两三种"西班牙问题小丛书"，
这可以从一九九七年六月三日王仰给我的信中看出。老
人家在为此向我致谢的同时，还对拙编《未能忘情：台
港暨海外学者散文》表示了很大的兴趣，在给我鼓励的
同时，也显示了他的谦逊。我还知道了他读书的一个
"秘密"："极喜欢散文"。当月二十八日他又致信我说：
"承赠《未能忘情》一册已收到，十分感谢。这本书的
纸张和印刷装帧都很好，颇有赏心悦目之感。你写的代
序已拜读，觉得有分量也有水平。对你的孜孜努力和每

有成果，很钦佩。"信中清楚地表达了他作为一位资深编辑、出版家的眼光和鉴赏力，对《未能忘情》的编选、纸张、印刷和装帧都给予了肯定。二十多年后重温王仰的这些信，我仍然深受感动。王仰全力以赴编辑《巴金译文全集》，还带领我做了一点事，他对后学如我的关爱与鼓励，在这些信中表露无遗。

现在可以说说小平兄这部《父亲是扇门》了。说老实话，我没想到这部书内容如此丰富，如此生动，令我爱不释手。

王仰的编辑生涯与共和国文学出版历程紧密相连，他与现当代文学界许许多多代表人物有过亲密交往。小平兄作为他的后人，或以亲历的视角，或据家藏的书刊、信札为线索，真切地记叙了王仰与茅盾、叶圣陶、巴金、欧阳予倩、曹靖华、曹禺、冯雪峰、王任叔、孙用、楼适夷、李劼人、沙汀、艾芜、李霁野、戈宝权、赵家璧等诸多前辈作家的交往，从不同侧面记录了那一代文坛翘楚的精神风貌、人生道路、文学追求乃至日常生活。书中也介绍了小平兄祖辈、父辈的另外三位家族成员，我这才知道原来他的祖父是上海大革命时期的工人运动领袖，而王仰和他的夫人又同属老三联书店的前辈。本书后半部分，对小平兄的读书生活多有映现，不能不说也体现了其来有自的家庭传承。他对文学的兴趣和领悟，乃至阅读意趣和思索发现，每每有其独到之处。

因此，在我看来，《父亲是扇门》不仅打开了作者小平兄认知父辈之门，也打开了我进一步认识王仰晨先生、认识那一代作家之门。我希望这部书也能打开更多读者认识文学、思考人生之门。

于是，我写下了上述这些话。

二〇一九年三月十七日于海上梅川书舍

（原载《父亲是扇门》，广西师范大学出版社，二〇二〇年初版）

《文本的旅行》序

季进兄的《文本的旅行》，书名虽然借用了书中一篇文章的题目，其实应该是颇有深意的。在文本中旅行，带着文本去旅行，文本中的旅行，文本在旅行……可以有多种多样的解读。而我翻读他这本学术随笔集，感受到的是他对文本的真切关注和对旅行的热烈向往。

认识季进兄已有二十多个年头了，结识的机缘是他来沪拜访钱谷融先生。他是范伯群先生的高足，专程来沪请钱先生主持他的博士论文答辩，记得我们一起陪钱先生吃过饭。他的博士论文研究"文化昆仑"钱锺书，后来出版了，书名《钱锺书与现代西学》（复旦大学出版社二〇一一年一月初版），好大好深奥的学问，我连想都不敢想。但平常接触中，他不故作深沉状，不侈谈时髦理论，而是很随意，很热情，很好交往。后来，钱先生去苏州踏青或散心，他都安排得很妥帖。有一张钱先生与范先生的合影，两老在苏州东山茶室喝茶，爽朗地大笑，就是他抓住时机抢拍的，拍得真好。

季进兄在苏州大学文学院执教后，学术视野不断拓展，学问也与日俱进，在中国现当代文学、比较文学和海外汉学研究等领域都大有建树。他远涉重洋到了哈佛，就把李欧梵先生的藏书弄到苏大，设立了"李欧梵教授书库"。他又主编了"西方现代批评经典译丛"和"海外中国现代文学研究译丛"两套大书，颇受学界关注；还在去年出版了专著《英语世界中国现代文学研究综论》（与余复云合著，北京大学出版社二〇一七年八月初版），学术影响是越来越大了。尤其值得称道的是，他又与夏志清先生的夫人王洞先生合作，编注了六卷本《夏志清夏济安书信集》，正由香港中文大学出版社、台湾联经出版公司和内地浙江人民出版社陆续出版。这项耗费他不少心力的整理、注释工作是嘉惠中外学林的大工程，其学术价值和文学史意义自不待言。

与一些读理论读得多了，文章反而越来越不会写或是越写越让人看不懂了的学院派不同，季进兄近年来在紧张的教学工作之余，在埋头于各项研究课题之暇，还喜欢写些深入浅出的读书札记、旅行见闻和怀人忆事之文。这些文字有长有短，或介绍中外文学名家和学术前辈的新著，或回忆与台湾和美国学人的学术交往，或实录作为"新苏州人"的观察和思索，记一己之心得，抒个人之情感，均娓娓道来，言之有物，字里行间不仅透露出他学术训练有素，也在无意中显示了他的兴趣和爱好，因而读来很是亲切有味，这本即将问世的《文本的旅行》就是他这类文字的集中展示。

其实，学者写的读书札记也好，旅行见闻和怀人忆事之文也罢，我把它们统称为学者散文或学术随笔。因为作者是学院中人，学有专攻，所以无论写什么，都会自觉不自觉地从他的专业出发，以他的学养为关照，这就与一般的读书札记、旅行见闻和怀人忆事之文有所不同，往往带给读者的不仅是新的愉悦，还有新的感悟。二十年前，我编过一本《未能忘情：台港暨海外学者散文》（上海教育出版社，一九九七年三月初版），在序中强调学者散文的作者在写这类散文时，未必会用长篇大论来宣示自己的人文关怀，"却往往将自己的体验和省察，自己的知识分子情怀融入情景交汇的随笔小品之中，因而更富于启示，更能动人心弦"。这个观点我至今没有改变，有必要趁这次为季进兄《文本的旅行》作序的机会，再重申一遍。

我历来主张做学问的不能只有一副笔墨，除了从事其符合专业领域规范的学术论文和专著的写作，也不妨写一些既接地气又见其真性情的短文，这是思想和文笔的新的操练。虽然我自己并未很好地做到，但据我有限的见闻，像李欧梵先生在香港报刊上发表的关于西方古典音乐的漫谈，像吴福辉先生在《汉语言文学研究》季刊上开辟的"石斋语痕"专栏，都是值得称道的好例子。而今我又读到季进兄这本《文本的旅行》，不能不感到意外的欣喜。

让我们跟着季进兄这本颇具可读性的《文本的旅行》，去做一次有趣的文本旅行吧。

戊戌端午急就于海上梅川书舍

下

辑

《张爱玲丛考》前记

一九八五年八月，上海书店印行张爱玲中短篇小说集《传奇》影印本，列为"中国现代文学史参考资料"之一种。该书护封封底的"影印说明"云：

《中国现代文学史参考资料》辑集我国现代文学史上各社团、流派、著名作家的流传较为稀少的著作，以及作家传记、作品评论、文学论争集等，依原样复印，供研究者参考。

本书是张爱玲的短篇小说集，收有一九四三——一九四五年间创作的小说十六篇。据山河图书公司一九四六年十一月增订本初版影印。

这是中国改革开放以后首次出版张爱玲著作，也是张爱玲一九五二年离开上海以后首次重印她的作品，意义不一般。

读到《传奇》影印本后，我于一九八五年底写了《〈传奇〉版本杂谈》。次年二月，此文刊于上海书店《古旧书讯》第四十期，由此开启了我的张爱玲研究，同时也预示着我的张爱玲研究的路向。

岁月不居，光阴似箭，整整三十年过去了。今年是张爱玲逝世二十周年，也是我从事张爱玲研究三十周年。我有足够的理由为此编一部书，《张爱玲丛考》就这样诞生了。

《张爱玲丛考》共分七个部分：

一、张爱玲集外文、笔名发掘和考证；

二、张爱玲部分作品版本考证和文本分析；

三、张爱玲若干生平经历和文学活动考证；

四、张爱玲书信、绘画作品等考证；

五、我编选的数种张爱玲作品集序跋；

六、张爱玲研究史考证和为他人研究著作所作序文；

七、我编选的张爱玲研究资料及我的张爱玲研究论集序跋。

我历年所作关于张爱玲的各类长短文字，除了个别篇什，自以为有点意思的，均已汇集在《张爱玲丛考》中，并且重加校订，有的还做了必要的增补。《张爱玲丛考》既是对天才作家张爱玲的纪念，也是对我自己张爱玲研究历程的回顾，更是对今后继续深入研究张爱玲的展望。

感谢海豚出版社，感谢海豚社主持人俞晓群兄和责任编辑李忠孝兄、郝付云女士。《张爱玲丛考》装帧采用了画家冷冰川兄的佳作，使之大为增色，也应深深致谢。

"旧学商量加邃密，新知培养转深沉。"（朱熹《鹅湖寺和陆小寿》）我期待海内外读者的批评指教。

乙未小暑于海上梅川书舍

（原载《张爱玲丛考》，海豚出版社，二〇一五年八月初版）

《说张新集》弁言

　　二〇一五年是张爱玲逝世二十周年，我出版了《张爱玲丛考》（上下册，海豚出版社二〇一五年八月初版）。此书收入一九八五至二〇一四年二十年间我所写的关于张爱玲的各类文字。我曾表示：此书的问世，"既是对天才作家张爱玲的纪念，也是对我自己张爱玲研究历程的回顾，更是对今后继续深入研究张爱玲的展望"。（《为"张学"添砖加瓦》）

　　五年过去了，今年迎来了张爱玲一百周年诞辰。这五年间我新写的研究张爱玲的长短文字并不多，但搜集起来，也可凑成这本《说张新集》了。

　　有人曾称我为张爱玲研究"史料钩沉派"的代表，这当然不敢当。但我的学术兴趣确实集中在张爱玲文学史料的发掘、考证、整理和阐释。本书第一部分就收入考订张爱玲集外著译、生平行踪、著译版本和装帧、手稿和书信等方面的文字，第二部分收入对不同历史时期上海及其他地区文学界张爱玲评论的梳理，第三部分则为对张爱玲友人相关编著的研读和有关序文等，均自以为有些新的发现。

　　随着时间的推移，张爱玲在二十世纪中国文学史上的独特性已越来越清晰地显示出来，海内外的张爱玲研究正不断向纵深拓展，张爱玲文献学也在进一步建构。那么，就把这本小书作为张爱玲百年诞辰的一个微薄的纪念吧。

二○二○年五月四日于海上梅川书舍

《一瞥集：港澳文学杂谈》自序

　　这本小书是我这些年来写香港文学和香港作家的各类文字的汇集。还有两篇是写澳门文学的，就一并收在这里。

　　香港文学丰富多彩，成就斐然，半个多世纪以来，一直与内地和台湾文学形成鼎足之势，辉耀中华文坛。我虽多次到过香港，结识不少香港作家，也读过一些香港文学作品，但对香港文学的感受还是只能用惊鸿一瞥四个字来形容，故这本小书定名为《一瞥集》。

　　全书内容看似有些芜杂，但自信还是有一条主线贯穿其中。从某种意义讲，也可视为我一个人的香港文学

刘以鬯著《椰树下之欲》书影

阅读史和与一部分香港作家的交往史，喜爱香港文学的读者，想必自有会心。只是我写得少，也写得不够深，只能请读者诸君多多谅解了。

感谢姜寻兄和广西师范大学出版社的美意，为我出版这本小书，使我有机会重温与许多我所尊重的香港作家的亲切交往，也期待大方之家批评指教。

丙申八月二十于海上梅川书舍

（原载《一瞥集：港澳文学杂谈》，广西师范大学出版社，二〇一七年一月初版）

《双子星座：管窥鲁迅与周作人》跋

一九七一年"九一三"事件爆发时，我正在江西省峡江县砚溪公社虹桥大队插队落户，是一个普通的上山下乡知识青年，对这个影响中国当代历史进程的重大事件一无所知。但自当年十月起，全国许多报刊纷纷发表以"学习鲁迅……"为题的批判文章。我当时在农田劳作之余，经常读点能够找到的鲁迅的书（"文革"中，人民文学出版社已在一九七三年三月重印鲁迅著作），竟然跃跃欲试，写了一篇六千多字的《学习鲁迅 批判反动的天才论》，投寄《江西日报》。经县社两级上山下乡办公室"政审"合格，再到南昌江西日报社反复改稿等一系列当时必需的程序，该文终于在一九七二年三月二十八日《江西日报》以几乎整版的篇幅刊出，署名智洪。此后至一九七四年五月调回上海，我还以"学习鲁迅……"为题在《江西日报》发表过五六篇长短文章。毋庸讳言，这些文字明显带有那个荒诞的"大批判"年代的思想和话语印记，而今已不忍卒读。之所以提出这件并不光彩的往事，无非是要说明我的鲁迅研究是这样起步的。

到了一九七六年，我已在上海师范大学（现华东师范大学）中文系任教，本在写作教研室教授写作，因注释鲁迅著作的需要，自十月起调至现代文学教研室，加入"上海师大中文系鲁迅著作注释组"。当时该注释组承担的任务是注释鲁迅《且介亭杂文》（三编）和鲁迅书信（一九三四年以后），我被分配参加鲁迅书信的注释工作。在走了一段弯路之后，我的鲁迅研究从此进入一个新的阶段。

收入本书"鲁迅编"诸文，正是我从事鲁迅书信注释工作之后直到当下所写的鲁迅研究以及与之相关的文字。最早的一篇《鲁迅〈答国际文学社问〉写作时间质疑》，发表于一九七八年九月，是与注释组的另一位成员王自立先生合作的；最近的一篇《新见鲁迅致郁达夫

佚简考》，则发表于二〇一四年一月。三十五六年不算
短的时间，只有这么一点鲁迅研究心得，真是"多乎
哉，不多也"。

我的周作人研究时间相对短一些。鲁迅书信注释工
作完成以后，我的学术兴奋点转移到对鲁迅好友郁达夫
的研究上。如果不是因为一九八六年推荐新加坡郑子瑜
先生所藏周作人《知堂杂诗抄》手稿给岳麓书社出版，
我大概不会再贸然闯入周作人研究领域。

由于极为复杂的历史原因，国内的周作人研究长期
是个禁区。那时才突破禁锢，陆续重印周作人的书，学
理的研究也刚刚起步。因此，我的周作人研究着重搜
集、考订、整理周作人集外文。随着《知堂集外文·亦
报随笔》《知堂集外文·四九年以后》和《周作人集外
文（一九〇四——一九四八）》（上下）等书的先后问世，
我也写了若干对周作人集外文的考证和绍介，以及其他
一些相关的文字，这就组成了本书的"周作人编"，虽
然与研究鲁迅的文字相比，写得更少。

也许因为参加鲁迅书信注释所受的影响太深，无论
"鲁迅编"还是"周作人编"，我对周氏兄弟的讨论大都
属于微观研究而不是宏观研究的范畴，确切地说，我的
研究不在于对周氏兄弟思想的探究和作品的阐释，而是

侧重对他们生平和创作史料的发掘和考辨。他们的一篇集外文，一通佚简，一幅诗稿，一则题词，一个启事，一本稀见书，一件鲜为人知的遗事……都会引起我极大的兴趣，努力查找并论证。当然，一些同时代人或后来者对周氏兄弟的回忆和研究，也在我的关注之列。因此，这些长长短短的文字，既无理论，也不成系统，一定要加以概括的话，或可借用鲁迅自评杂文的一段话来形容："当然不敢说是诗史，其中有着时代的眉目，也绝不是英雄们的八宝箱，一朝打开，便见光辉灿烂。我只在深夜的街头摆着一个地摊，所有的无非几个小钉，几个瓦碟，但也希望，并且相信有些人会从中寻出合于他的用处的东西。"（鲁迅：《〈且介亭杂文〉序言》）

　　之所以把讨论鲁迅和讨论周作人的这些文字集中在一本书里，固然有篇幅上的考虑，更重要的是尽管周氏兄弟后来失和了，但他们毕竟是二十世纪中国文学史上曾经亲密无间而且影响极为深远的昆仲，学术界早就有"东有启明，西有长庚"的提法，窃以为这样做是合适的。书名定为《双子星座》，也主要是从他们对二十世纪中国文学的巨大贡献而言，借用了天文学上一个现成的星座名称而已。

　　"鲁迅编"中《新发现的鲁迅致郁达夫书简》《鲁迅

佚文〈草明女士启事〉》等数篇是与王自立先生合作的，特此说明并致谢。全书超过三分之一篇章是首次结集。由于写作时间跨度较大，书中各文体例并不一致，有些措辞带有当时语境下的痕迹。为了尽可能保持历史原貌，只对个别表述在不损害原意的前提下酌加删削，人物称谓和注释格式也略做调整，错漏则尽可能予以订正。

承中华书局美意，使我能够继《沉醉春风——追寻郁达夫及其他》和《钩沉新月——发现梁实秋及其他》两书之后，再出版这本《双子星座——管窥鲁迅周作人》，从而对自己的治学历程有所回顾，内心是高兴的。但愿喜欢周氏兄弟的读者不致失望，至于方家的批评指教，更是期待。

二〇一五年元月十日于海上梅川书舍

（原载《双子星座：管窥鲁迅与周作人》，中华书局，二〇一五年五月初版）

《不日记二集》题记

《不日记二集》收入二〇一三年三月至二〇一四年二月一年里《文汇报·笔会》"周末茶座"版所刊拙作"不日记"专栏文章三十八篇，比《不日记一集》所收略少。

当第一年"不日记"专栏时间快到时，我问责任编辑安迪兄，是否就此"小功"告成，他说，你继续写吧，相信你仍有兴趣。的确，在短短八九百字极为有限的篇幅里，探讨一个文学史小问题，考证一件文坛遗事，发掘一篇作家集外文，评价一本旧籍或新书，并非轻而易举。但这样的尝试很有趣，我就勉力为之。

这本书中还收入了我二〇一三年间写的另外一些长

短文字，有怀人忆事的，有关于中国现代文学史研究的，还有序跋书评。只有三篇例外。家父遗作《我所知道的周吟萍》于我有特别的意义。《重剑无锋：怀来新夏先生》虽然写于二〇一四年四月，但与纪念纪弦、辛丰年、方宽烈先生诸篇正好合成一组。还有一篇《限定版编号签名本》，发表于十八年前，我早已忘却，不料在上海图书馆的一次会议上，从黄显功兄的剪贴本上"发现"，自以为还有点意思，于是也就编入了。

书前环衬英国藏书票大师马克·赛维林（Mark Severin，一九〇六——一九九五）制作的"小猫与书"藏书票，内封封底青年篆刻家唐吉慧为我篆刻的"梅川书舍"闲章，均为本书增色不少。谨向赛维林之子Geoffrey Severin和吉慧致谢！

"书卷多情似故人。"如果《不日记一集》读者从《不日记二集》中继续有所得，这正是我所期待的。我也欢迎读者批评指正。

二〇一四年十二月十二日于海上梅川书舍

（原载《不日记二集》，山东画报出版社，二〇一五年五月初版）

《不日记三集》题记

　　本书是《不日记》第三集。"不日记"竟然一而再，再而三了，实始料未及，这也是我写专栏文字时间最长的一次。

　　专栏的名声时好时坏，以前被称为"报屁股"，现在有不少写身边琐事、个人悲欢，反正有些不登大雅之堂之嫌。殊不知，当年周作人为《晨报副刊》写"自己的园地"，鲁迅为《申报·自由谈》写一系列篇幅相差不大的杂文，都属于专栏文字。而梁实秋为《星期评论》和《世纪评论》写的"雅舍小品"，直至邓拓、吴晗、廖沫沙的"三家村札记"，也应视作为报刊而写的专栏。所有这些，都在现当代文学史上留下了深刻的印记。可见专栏文字不能一概而论，也绝不可小觑。

专栏文字各种各样，但有一个共同特点，即它的字数大致有所限制，某种意义上讲，像当年新月派倡导的豆腐干新诗，是戴着镣铐跳舞。我的"不日记"开始时一篇八百字左右，现在已扩展到一千二百字左右，毕竟仍有局限。有的只能略评一本书，有的只能释读一封信，有的只能发掘一桩文坛故实，更多的只能提供进一步研究的线索。不过，这样也好。如果"不日记"能够引起中国现代文学史研究者的关注和思考，则余愿足矣。

这本"不日记"起讫时间为二〇一四年三月至二〇一六年二月，而不是像第一、二集那样一年一集，这是因为"不日记"专栏周期从一个月三四篇改为一个月一两篇了。与此同时，我又为香港《明报·世纪》撰写"识小录"专栏，也选一部分编入本书，或可起到互补之效。

书前的藏书票借用一张小猫与低音大提琴的合影。我爱猫养猫，古典音乐又是我在研究工作之外最大的精神享受，窃以为这样安排很合适。封底古玺风格的我的名印，则出自篆刻新锐任庵兄之手。山东画报出版社坚持出版《不日记》系列，责编徐峙立女史一直宽容我的拖拉，理应特别提出，一并深致谢忱！

二〇一六年十二月二十六日于海上梅川书舍

（原载《不日记三集》，山东画报出版社，二〇一七年三月初版）

《签名本丛考》楔子

我与签名本发生因缘，比我从事中国现代文学史研究还要早。

一九六五年秋，我读高一。不到一年，"文革"爆发。"文革"中，我是"逍遥派"，常去看望我的干妈范霞女史。她从事俄文翻译，好像专译苏联儿童文学作品。我在她书架上见到了许多"封资修"大毒草——中外文学经典和文艺理论书。这些书中，一部分是她自己的，另一部分是她前夫蒯斯曛先生的。出于好奇，我常向她或借或讨，她从不拒绝，但总会提醒我：小心些。我知道她的意思，这些书如果流传出去，很可能惹祸。

这样，一些书就到了我这里，留在我这里了。以前我撰文介绍过的黄裳先生译屠格涅夫《猎人日记》特制精装本，即为其中之一。现在手头还有两本，一本是丁景唐先生著《学习鲁迅和瞿秋白作品的札记》，一九五九年七月上海文艺出版社新一版，前环衬有作者的绿笔题字：

删斯曛同志指正

丁景唐赠

另一本更特别。作者后来人人皆知，为"四人帮"之一的姚文元。这是一本对丁玲、冯雪峰、艾青、钱谷融等现当代作家罗织罪名、大加挞伐的书，书名《论文学上的修正主义思潮》，新文艺出版社一九五八年七月第一版。扉页上有他的蓝黑墨水题字：

删斯曛同志指正

姚文元 2/8

这两本书无疑都是签名本。这是我收藏签名本之始，那时我对"中国现代文学"几乎一无所知。

一九七六年十月，"四人帮"倒台之后，我参加了《鲁迅全集》书信卷的注释工作，我的中国现代文学研究也由此起步。后来，由于注释工作的需要，有机会读到一九五九年七月北京鲁迅博物馆编印的"内部资料"《鲁迅手迹和藏书目录》，发现鲁迅藏书中许多新文学作品都是作者或译者的签名本，以鲁迅在中国新文坛的显赫地位，他的同辈或后辈作家把自己的著译送请鲁迅指教，真是再正常不过。但这也提醒我，从签名本切入，或也可考察作家的交游。

在北京参加鲁迅书信注释工作期间，我曾在中国书店灯市口门市部购得一批赵燕声旧藏，都是较为少见的关于鲁迅的著述，包括台静农编《关于鲁迅及其著作》、含沙（王志之）著《鲁迅印想记》等。数年之后，读到唐弢先生《〈鲁迅论集〉序》，始知赵燕声非等闲之辈，是研究中国现代文学文献学的先驱。这批赵燕声旧藏大部分有他本人签名，有的还有"一九××年×月×日购于市场 赵燕声"等字样。于是，我又知道了签名本有许多不同的种类，书刊收藏者本人的签名也应归入签名本之列。

我自己第一次购买现代文学作家的签名本，是在一九八四年秋天了。那天路过上海淮海中路上海书店门市部（现早已不复存在），无意中见到柜台内书架上有一本巴金的《忆》，为"文学丛刊"第二集之一，文化生活出版社一九三六年八月初版。我要求营业员取出一看，拿到书方才发现竟是巴金的早期签名本，当时抑制不住内心的激动，立即购下。为了弄清此签名本上款的"彼岸先生"为何人，我还曾请柯灵先生向巴金本人求证。后来，我在《我所知道的巴老二三事》文中还专门提到这件事。

我写的第一篇专门讨论签名本的文章是《〈边城〉初版签名本》，发表于一九九〇年十二月台北《文讯》第五十二期。这本生活书店一九三四年十月初版《边城》签名本得之于倪墨炎先生的割爱，当年是沈从文送给他夫人张兆和的同学潘家延的，我在文中认为它"很有可能是现存最早的沈老签名本，那就不能不用'弥足珍贵'四个字来形容了"。那时除了姜德明先生，大陆很少有人重视和讨论签名本。后来我又写了《傅雷父子的签名本》《我买到了萧友梅签名本》《签名本谈屑》等小文，算是我在签名本研究上的投石问路。

从九十年代初起，我开始有意识地搜集现代作家签名本，尤其是我所感兴趣的现代作家一九四九年以前的签名本，因为只有这样的签名本才具有完整意义上的即

时即地性。获得签名本的途径，不外乎冷摊偶得之，旧
书肆觅得之，后来又发展到参加大小拍卖会和"微拍"
拍得之，还有师友的热情馈赠。较为得意的是，得到了
一批林语堂的旧藏，其中有胡适、周作人、丰子恺、梁
宗岱、老舍等题赠林语堂的著译。还有一件趣事也值得
一说。我在北京中国书店首届大众拍卖会上拍得施蛰存
先生的第一部散文集《灯下集》，开明书店一九三七年
一月初版，系其毛笔题赠沈从文者，拿去给施先生看，
没想到他老人家不以为然，说："你花那么多钱干什
么！"吓得我把请他在书上再题写几句的话咽了下去。
但我还是认为，签名本自有其特别的价值，或许也可成
为研究中国现代文学史的一个新的切入口。

二〇〇五年五月，香港中文大学举行卢玮銮教授藏
书捐赠仪式，我应邀出席并发表了讲演《签名本和手
稿：尚待发掘的宝库》，这是我对现代作家签名本问题
的一个较为系统的思考。我认为研究签名本的意义是多
方面的，"从签名本中可以考察作者的文坛交往，以至
了解作者的著书缘起"，也可能会提供进一步研究作品
的线索和鲜为人知的史料。我后来进一步认识到，这些
年来，研究中国现代文学史的同行一直试图在文学史写
作上有所突破，我自己就曾参与过《中国现代文学编年

史——以文学广告为中心》的写作。那么，以签名本为贯穿的主线写部别具一格的现代文学史，也未尝不是一个有益的尝试。

然而，想想可以，如真要付诸实施，谈何容易。首先，现代文学史上各个时期代表性作家的签名本有多少还留存至今？新文学之外的现代作家长期被冷落，他们的签名本更是凤毛麟角。个人的微薄收藏根本无法支撑文学史的庞大框架，即便动用图书馆、纪念馆的馆藏和其他藏书家的收藏，仍然会有许许多多这样那样乃至极为重要的缺漏。其次，此书如何结构，用什么样的文体来表述？也是一个极大的挑战。因此，这几乎是一个无法实现的美梦。既然如此，那我只能退而求其次，先把我自己收藏的签名本的来龙去脉和这些签名本与文学史的各种关联写出来吧。于是，从二〇〇七年八月起，我为上海《文汇读书周报·书人茶话》撰写"签名本小考"专栏，断断续续，至二〇一〇年五月，总共写了二十篇，还在海内外别的刊物上发表了几篇，应该可以凑成一本书了。

当时王稼句兄正为山东画报出版社主持"'书虫'系列"，我这本写签名本的小书也有幸被列入，预告了多时，却始终未见出书，以至海内外许多友人不断询问。而我总想对已发表的修订充实，再增写几篇新的，使之更为厚实些，却又没有时间做，这事就一拖再拖，让读者一等再等了。

去年海豚出版社俞晓群兄多次向我表示，希望在他荣休之前，继已出版的《张爱玲丛考》之后，再为我出本书。俞兄盛情可感，又承山东画报社体谅，同意这本小书移至海豚社出版。于是我就把书稿稍加董理，略作修订，定名《签名本丛考》交付海豚社，以了却我十年的一桩心愿。

此书书名三易其稿，最初名曰"签名本物语"，后改为"签名本小考"，最后才是"签名本丛考"，这是必须说明的。全书按所讨论的签名本出版时间先后编排，凡目录中未注明的都是初版本。其中自周作人译《陀螺》至唐弢《识小录》止二十二种都是一九四九年以前出版的，只有五种，即艾青《西北剪纸集》、陈从周《徐志摩年谱》和郭沫若《沫若文集》第一卷三种，再加上《李健吾译：〈圣安东尼的诱惑〉等三种》中论及的《头一个造酒的》及《山东好》两种，是一九四九年以后出版的，但这几位作家一般也都认为是现代作家。而且，除了卞之琳著《三秋草》的题签是六十年后题写的之外，其余均为作品出版之后即予题写。因此，这本

《签名本丛考》所讨论的著译应视为中国现代文学史上签名本的一鳞半爪，也可视为我的签名本系列研究的第一个成果。如果时间允许，我还会续写《签名本丛考》二集、三集……

谨向出版本书的海豚出版社，包括俞晓群兄和责任编辑张镛诸位致谢！本书扉页题字出自好友安迪兄手笔，他对我的签名本研究帮助很大，请他题字最为合适；封底用印则出自篆刻家田丰先生之手，均一并深致谢忱！

欢迎读者批评指教。

丁酉年正月初三于海上梅川书舍

（原载《签名本丛考》，海豚出版社，二〇一七年五月初版）

《纸上交响》跋

　　这本小书是百花文艺出版社催生的。蒙该社不弃，嘱我主编一套"百花谭"散文丛书，并要求首辑中我自己也有一本。于是灵机一动，把我历年来关于音乐特别是古典音乐的旧文新作汇集成册，命名曰《纸上交响》，即纸上谈乐之意是也。

　　正如我在本书代序《我的古典音乐之旅》中所指出的，我对古典音乐其实完全是门外汉，只是爱听乱听而已。在学院派看来，这些长短不一的文字或许也是信口开河、不入法眼的。唯一聊可自慰的是，在二十世纪九十年代上海音乐爱好者协会主办的一次古典音乐知识竞赛中，我出人意料地获得季军，奖品是古典音乐黑胶唱片和CD各一枚，捧回家中，颇为得意。这也是我个人迄今为止在专业之外获得的唯一奖项，理应记上一笔。

不过，本书第一部分讨论中国现代作家与古典音乐关系诸篇，相信还有点新史料，有点学术性。这是个尚未引起文学史家关注的领域，但愿今后有时间继续梳理，说不定还会有所发现。譬如，进入二十世纪四十年代以后，张爱玲与赵萝蕤两位女作家分别撰文对古典音乐发表看法及其背后蕴含的意义；徐迟译介不少古典音乐方面的书籍与其创作有何关联；路翎在长篇名著《财主底儿女们》中描绘知识男女在抗战烽火中聆听无边际的"音乐底森林"——贝多芬《第九交响曲》的所思所感，等等，都值得分析和探究。

是为跋。

二〇一四年六月二十日急就于"西班牙的莫扎特"——
J. C. 阿里亚加的优美乐曲声中

（原载《纸上交响》，百花文艺出版社，二〇一四年八月初版）

《自画像》题记

　　董宁文兄告诉我，"开卷书坊"要出第三辑了，嘱我再加入一本。我以前写过本《探幽途中》，有幸列入"开卷文丛"（"开卷书坊"前身）第三辑。这次同样深感荣幸。于是，就有了这本《自画像》。

　　中外古今文艺史上，"自画像"所在多有。美术家当然最擅自画像，譬如，画家凡·高的自画像，画了一幅又一幅，幅幅撼人心魄。而作曲家柴可夫斯基的第六悲怆交响曲，何尝不可视作他诉之音乐的"自画像"。鲁迅脍炙人口的七律《自嘲》，不也是他逼真的"自画像"吗？作家的自传，如胡适的《四十自述》、沈从文的《从文自传》等，自然更是他们的"自画像"。至于作家的日记、书信等，从某种意义讲，也可视作他们的"自画像"。无论自传、日记、书信，"自画"得怎样，是否真实，是否可靠可信，是否有所"隐"有所"瞒"，这是另一个问题。但都是研究这些作家不可或缺的参考资料，却是毫无疑义的。

我这本《自画像》内容又有些不同。书分三辑："自画像一"是我已经出版或即将出版的二十六种著作的序跋；"自画像二"是我关于读书、编书、访书、买书若干文字的汇集，是对"自画像一"的补充；而"他画像"这辑则是内地和港台文坛前辈或友好为我几种著作所写的序文和书评，是他人在为我"画像"。我拟通过这样的"自画"和"他画"，让读者从中较为完整地了解我，进而看到我在中国现代文学研究长途上所取得的经验和所存在的不足。

起"自画像"这个书名，开始还真有点犹豫。七年前，我的学术随笔集《素描》出版后，曾被一些书店营业员误以为是讨论绘画技巧的书而陈列在美术书柜，令我哭笑不得。但宁文兄说"自画像"书名别致，那就"自画像"吧，即便再被误解一次，也值。

但愿我的"自画"没有胡乱涂抹，也但愿读者喜欢我的《自画像》。如果"自画"得不像不好，请方家多多批评指教。

　　　　　　　　　甲午芒种后七日于海上梅川书舍

（原载《自画像》，上海辞书出版社，二〇一四年八月初版）

《浙江籍》自序

这本《浙江籍》能够编成出版，纯属偶然。

我从事中国现代文学史研究四十余年，研究和关注过的现代作家还真不少，虽然大都浅尝辄止。但是，以前一直没有从地域文化的角度去深入思考。我关注和研究的现代作家祖籍何处，生于何处，长于何处，他们从小到大的成长环境、求学过程和生活经历，与他们的创作有无关联，如有，又是什么样的关联，这些问题都很值得探究，周作人不是早就写过《鲁迅的故家》吗？当然，这是一个很大的研究课题，非我个人能力所及。

半年前，夏春锦等几位浙江爱好文史的年轻朋友拟编一套"蠹鱼文丛",邀我加盟。我手头并无现成书稿,正欲谢绝,突然灵机一动,想到丛书既由浙江古籍出版社出版,何不把我写过的关于浙江籍现代作家的长短文字结集成一本书?《浙江籍》就此应运而生。应该说明的是,这并不是我的创意,郑绩博士已经出版了洋洋三十万言的《浙江现代文坛点将录》(海豚出版社二〇一四年八月初版),我不能掠首创之美。

《浙江籍》写了四十九位浙江籍现代作家,无论文章长短,均一人一篇,以求一视同仁。这些文字并非对这四十九位浙江籍作家文学道路的全面回顾或代表作品的详细评析,而只是查考他们文学生涯中的某段史实,发掘他们尚不为人所知的某篇集外文,或者对他们作品的选本加以说明,等等。书中所收,除了历年旧文,还有不少首次结集的新作,都只是我的一己之得,一孔之见而已。

全书分为"月旦之页"和"怀旧之什"两个部分。前者又分小说家、散文家、诗人、戏剧家四小辑。这只是大致的归类,如戴望舒和邵洵美,无疑都是新诗人,但我讨论的是他们的小说,于是就把他们放在小说家小辑里,以此类推,相信不会造成误解。后者都是纪念我曾晤面又有所交往的浙江籍现代作家。值得一说的是,

《胡愈之印象记》一篇当年发表的是编辑删节稿，我却一直记得是全文，待到去年网上拍卖此文手稿，一位浙江友人拍下后送还我，我将之与发表的对照，才恍然大悟。此文被删节部分大都与文学直接有关，所以我有充分理由将被删节部分全部复原，以真正的原貌与读者见面。

书末附录的《本书评论作家籍贯一览》则为读者检索提供方便。朱自清、巴金等几位作家祖籍都在浙江，把他们归入"浙江籍"作家之中论列，我以为是完全可以的。从中又可看出，我所写过的浙江籍现代作家虽然为数还不可观，却已几乎遍及浙江全省，尤以杭州、绍兴、桐乡三地人数最多，这又是一个有趣的文学现象。

还需说明的是，本书封面借用了浙江籍画家、书籍装帧家陶元庆的一幅名画《大红袍》。当年鲁迅见到这幅画后十分欣赏，将之作为陶元庆挚友许钦文处女作《故乡》的封面，从而成为"现代书籍装帧史上的经典之作"（姜德明语）。我也很喜欢《大红袍》，这次就再把它移作本书封面，以为增色。

毫无疑问，鲁迅、周作人、茅盾、郁达夫、徐志摩……那么多重要的现代作家都是浙江籍，这是现代中国其他省份难以比拟的。因此，从某种意义讲，浙江是中国新文学的发源地，也是中国新文学的大省。如果我这本《浙江籍》的问世，也能对浙江籍现代作家的研究有所助益，这正是我所期待的。

我的第一本书话集《捞针集》是浙江人民出版社出版的，我的第一本现代文学论集《文人事》是浙江文艺出版社出版的。现在，《浙江籍》又由浙江古籍出版社出版，我不能不感到由衷的高兴。谨向"蠹鱼文丛"编委会和浙江古籍出版社深深致谢。

二〇一七年五月一日于海上梅川书舍

（原载《浙江籍》，浙江古籍出版社，二〇一七年七月初版）

《识小录》自序

本书是我在香港《明报》副刊"世纪"上每周一篇"识小录"专栏文字的结集,起讫时间为二〇一六年一月至二〇一七年七月初,书名仍定为《识小录》。全书文字重做修订,按发表时间先后编排。

这些专栏文字每则千字左右,看似散漫,其实有一条贯穿的主线,即都是写中国现代文学史上的作家作品,写现代文人文事的方方面面,其中有人们熟知的,更有鲜为人知的。我试图"识"大作家之"小",识小作家之不"小",从而揭示中国现代文学史的多样性、丰富性和复杂性,并提供一些可以进一步研究的线索,所谓以"小"见"大"是也。

报刊专栏早已有之，鲁迅的名著《阿Q正传》最初就是在北京《晨报副刊》的"开心话"专栏连载的。一九四九年之后，专栏文字一度在内地式微，但在香港和台湾却一直生生不息，争奇斗艳。不过，围绕一个专题，较为长期地撰写专栏，似并不多见。从这个意义上讲，拙作"识小录"专栏围绕中国现代文学史这个专题而持续展开，也算是一个尝试。毋庸讳言，这些千字小文属于微观研究的范畴，但没有微观，何来宏观？换言之，微观不明，宏观也无法真正建构，令人信服。因此，我乐意为之。

当然，我的努力是否达到了目标，应该请读者诸君评判。

感谢马家辉博士邀请我为《明报》撰写"识小录"专栏；感谢郑培凯教授把《识小录》纳入他所主编的"青青子衿系列"；感谢香港城市大学出版社出版《识小录》。

戊戌岁末于海上梅川书舍

（原载《识小录》，香港城市大学出版社，二〇一九年初版）

《说徐志摩》序

本书是我关于现代诗人、散文家、翻译家、编辑家和文学活动家徐志摩的文字的结集，起讫时间为一九八八年至二〇一八年。

我不止一次地说过，对中国现代作家的研究，我从鲁迅起步，后转到郁达夫，再转向周作人和梁实秋……在研究郁达夫的过程中，我对郁达夫中学同窗和好友徐志摩也产生了很大的兴趣，于是，断断续续，写下了这些讨论徐志摩的文字。

全书共分五个部分：第一部分评述已经出版的徐志摩作品集，尤其是梳理《爱眉小扎》的各种版本；第

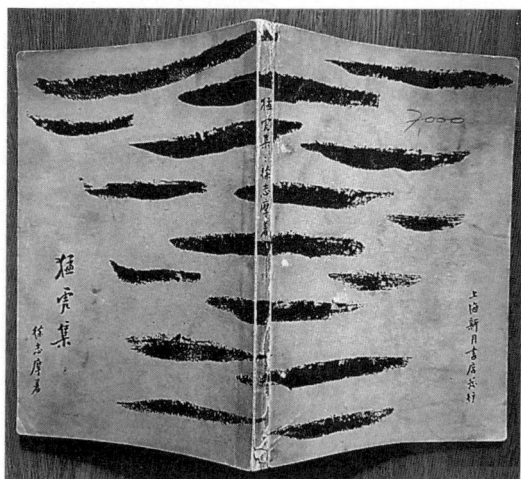

徐志摩著《猛虎集》封面和封底书影

二部分探讨徐志摩的手稿和集外诗文、日记等；第三
部分发掘徐志摩与国际笔会中国分会、平社的因缘；
第四部分考证徐志摩与鲁迅、林徽因等同时代作家的
关系；第五部分回顾不同历史时期对徐志摩的纪念和
研究，包括相关的人和事。当然，这只是大致的归类。
最后附录关于陆小曼的四篇短文，窃以为这是完全合
适和应该的。其中一半以上是首次编集。关于国际
笔会中国分会和平社的两篇是专为本书出版而撰
写的。

　　这些文字中，有论文，有学术随笔，还有对话等，
形式较杂，也就不求格式统一了，但都做了必要的校
订、补充和改写。

　　在徐志摩研究上，我仍延续自己研究其他作家的路
径，即注重发掘几近湮没的集外诗文，着意爬梳鲜为人
知的文坛史实，以及特别留心手稿和已刊作品的不同版
本，一言以蔽之，致力于徐志摩文献学的建构，尽可能
还原一个真实的徐志摩。然而，三十年过去了，只有这
么一本小书，还是汗颜。如果读者读了还有所得，那我
就感到莫大的欣慰了。

　　感谢陆灏兄、王金声兄、岑大维兄和杭州徐志摩纪
念馆的帮助，感谢"草鹭文化"策划、上海书店出版社

出版这本小书。

二〇一九年元旦急就于海上梅川书舍

（原载《说徐志摩》，上海书店出版社，二〇一九年八月初版）

《新文学丛刊》总序

早在六十年前，新文学收藏家、翻译家周煦良先生写过一篇有名的《谈初版书》。他认为：

一般来说，收藏初版书的动机不外两种：以书重和以人重。一本书受到广大读者的欢迎，印过许多版子，被公认为名著，于是这本书的初版便受到重视了；一个成名的作家拥有许多读者，有些读者专门收集这位作家的作品，于是他的一些早年不出名的著作也就在搜罗之列了，甚至具有更高的收藏价值，因为印行较少的缘故。①

他甚至用诗一般的语言来形容文学作品的初版本：

初版书所以受到藏书家的珍爱，除了上述理由之外，还因为它是最初和世人见面的本子；在书迷的眼中，仿佛只有它含有作者的灵魂，而其他重版本只能看做是影子。②

当然，周先生主要是从收藏的角度来讨论文学作品的初版本。然而，如果从鉴赏的角度、从研究中国现当代文学史的角度来看待初版本，其至关重要的不可替代的学术价值同样不言而喻。

一部文学创作的初版本，无论小说、诗集、散文集、剧本还是评论集，都是这部作品最初与读者见面的本子，也即这部作品得以行世的初始面貌。此后如果重印，二版、三版、四版……由于各种各样的甚至极为复杂的原

① 周煦良：《谈初版书》，《文汇报·笔会》，一九五六年十一月十三日。转引自《周煦良文集（一）·舟斋集》，上海：上海译文出版社，二〇〇七年，第三百五十页。

② 同上，第三百五十一页。

因，作者很可能对初版本进行修改、增删、调整，除了正文的修订，还包括序跋的增删、书名的更换、装帧的变动，等等。这就在这部作品的初始文本与以后的各种文本之间形成一种张力，一种可供进一步阐释的甚至是完全不同理解的张力。对之进行系统研究，从手稿到初版本再到以后各种不同版本的系统研究，也即西方文学理论所谓的"文本发生学"的研究。① 又因为二版以后的版本随着印数的提高容易流传开来，许多新文学作品的初版本，虽然极为重要，却往往湮没不彰。

由此可见，要研究中国现当代文学史，探讨文学史上的一部重要作品，就不能不关注该作品的版本变迁，而要关注该作品的版本变迁，就不能不特别注重其初版本。五四新文学勃兴以来的名著，如鲁迅《呐喊》、胡适《尝试集》、郭沫若《女神》、郁达夫《沉沦》、徐志摩《志摩的诗》、巴金《家》、茅盾《子夜》、沈从文《边城》、曹禺《雷雨》、老舍《骆驼祥子》、张爱玲《传

---

① 英国文学理论家拉曼·塞尔登认为："版本目录学考察一个文本从手稿到成书的演化过程，从而探寻种种事实证据，了解作者创作意图、审核形式、创作中的合作与修订等问题，从二十世纪八十年代出现的这种考察程序一般被称作'发生学研究'（Genetic Criticism）。"参见《结论：后理论》，《当代文学理论导读》，刘象愚译，北京：北京大学出版社，二〇〇六年，第三百三十二页。

奇》、钱锺书《围城》等的初版本，近年来就越来越受
到学界和许多现代文学作品爱好者的关注。以初版本为
底本，对这些名著进行比勘、汇校和释读的工作，即现
当代文学的版本学研究，也比以往任何时候都得到
重视。

鉴于此，为了给中国现当代文学研究者提供已经不
易见到的重要作品的初版本，也为了使一般读者特别是
青年学子增加阅读现当代文学作品的兴趣，我们策划编
选了这套《新文学丛刊》。丛书包括中国现当代文学史
上已有定评的小说、散文集、诗集、剧本乃至评论集的
初版本，也注意发掘尚未被文学史家注意但确实具有艺
术特色的作品的初版本。

我们希望这套丛书的陆续出版，将形成一个独特的
系列，有利于中国现当代文学史的教学和研究，从而对
深入梳理丰富而又复杂的中国现当代文学史有所推动，
对中国现当代文学经典作品更好地传播有所助益。

期待海内外广大读者的批评指教。

（原载《边城·新与旧》，北京燕山出版社，二〇一
七年一月初版）

《胡适说新文学》
编后记

二〇一九年是五四新文学和新文化运动一百周年。回顾五四，当然不能不提到胡适。文学史家夏志清写过一篇《五四三巨人》，认为胡适和周氏兄弟是五四新文学运动最重要的三位人物，我认同这个观点。因此，编选一本胡适新文学论述精选集，应视为纪念五四百年的题中应有之义，这本《胡适说新文学》就此应运而生。

胡适关于新文学的论述非常丰富，绝大部分都已收入各种胡适文集和全集，研究者也早编过《胡适学术论集·新文学运动》（姜义华编，中华书局一九九三年九月版）等专书。本书力图另辟蹊径，从胡适关于新文学

晚年的胡适 郎静山摄

的"主张"、胡适自己创作新诗的"尝试"和胡适对他人五四时期新文学尤其是新诗创作的"评点"三个方面，展示胡适对五四新文学的重大贡献。

《文学改良刍议》是胡适的成名作，与陈独秀的《文学革命论》一起启新文学运动之端，影响深远。《文学革命运动》是胡适长篇力作《五十年来中国之文学》的第十节，之所以只入选这一节，一则限于篇幅，《五十年来中国之文学》无法全文照录；二则这一节相对独立；三则入选这一节有先例可援，一九三〇年亚东图书馆版《胡适文选》、一九三四年张若英（阿英）编《中国新文学运动史资料》和一九三六年阿英编《中国新文学大系·史料索引集》都入选了这一节。《逼上梁山》是胡适首次详细回忆新文学运动的起因和演进，而《〈中国新文学大系·建设理论集〉导言》是胡适从理论上进一步阐述新文学运动，以确立新文学运动话语权的重要文献。这些篇章都非选不可。

《尝试集》是新文学第一部个人新诗集，亚东图书馆一九二〇年三月初版，同年九月再版，一九二二年三月三版，十月"增订四版"。增订四版成为《尝试集》的定本。胡适为此书初版、再版和增订四版都写了序，不过，再版时未保留初版序，增订四版时也未保留初版和再版序。书中《尝试篇》和《去国集》又另有序，增订四版时对初版《尝试篇》序做了大幅度删改，移作"代序二"。这次编选把《尝试集》所有序言全部编入。这些长短序言集中在一起颇有规模，从中可以领略胡适"尝试"新诗的思想变迁和探索过程。《谈谈"胡适之体"的诗》虽然是后续的讨论，仍大大有助于了解胡适对新诗一以贯之的基本观点。

作为五四新文学的核心人物，胡适《谈新诗》对新诗创作在新文学运动中特殊地位和作用的探讨，以及对康白情《草儿》、俞平伯《冬夜》、汪静之《蕙的风》等早期重要新诗集和陈衡哲小说集《小雨点》的品评，都从文本细读的角度体现了胡适的新文学观，也颇具启发。

特别有必要指出的是，本书还依据手稿编入胡适的三篇集外文。《〈中国新文学大系〉编选感想》和《重印〈新青年〉感言》两篇虽然短小，只是三言两语，却都言简意赅。《〈尝试集〉第二编初稿本自序》录自《尝试集》第二编初稿本，胡适当时弃而未用，今天读来却有不容忽视的史料价值。这三篇都是首次编入胡适作品集。

胡适与商务印书馆渊源很深，当年其重要著作《中国哲学史大纲》(卷上)、《白话文学史》(卷上)、《胡适论学近著》和《胡适留学日记》等,都由商务印书馆出版。而今,《胡适说新文学》在五四百年纪念之际列入商务"碎金文丛"推出,窃以为正其时也。

希望读者喜欢这本胡适评说新文学的精选本。

己亥年惊蛰于海上梅川书舍

(原载《胡适说新文学》,商务印书馆,二〇一九年十二月初版)

郁达夫《全集补》出版说明

郁达夫是二十世纪中国文学史上极为重要的新文学作家、旧体诗人，这早已载入文学史册。但是，对郁达夫作品的收集、整理和出版，却走过一段坎坷、曲折而又漫长的路。

早在郁达夫生前，就已经出版《达夫全集》了。从一九二七年至一九三三年，郁达夫由上海创造社出版部、开明书店和北新书局陆续出版了《达夫全集》第一至七卷，即《寒灰集》《鸡肋集》《过去集》《奇零集》《敝帚集》《薇蕨集》和《断残集》。开始出版这部全集时，郁达夫正好三十而立，他在《〈达夫全集〉自序》中交代了出版缘由：

> 在未死之前，出什么全集，说来原有点可笑，但是自家却觉得是应该把过去的生活结一个总账的时候了。自家的精神生活，以后能不能再继续过去？只有天能知道，不过纵使死灰有复燃的时候，我想它的燃法，一定是和从前要大异……

> 自家的作品，自家没有一篇是满意的。藏拙删烦，本来是有良心的艺术家的最上法门，可是老牛舐犊，也是人之常情，所以这全集里，又把我过去的作品全部收起来了。①

这部最早的《达夫全集》开了新文学作家出版全集的先河，虽然全集并不全，遗漏甚多，毕竟这是第一部郁达夫作品"全集"。

抗战胜利，郁达夫却在日本投降消息传出之后被暗害，长眠南洋。许多达夫生前好友呼吁编辑出版达夫全集以为纪念。一九四九年一月《达夫全集》编纂委员会

---

① 郁达夫：《〈达夫全集〉自序》，《郁达夫研究资料》上册，王自立、陈子善编，天津：天津人民出版社，一九八二年，第一百九十、一百九十三页。

终于成立，由郭沫若、郑振铎、刘大杰、赵景深、李小峰和郁飞六人组成。按照当时发表的《〈达夫全集〉出版预告》，北新书局计划出版的《达夫全集》分短篇小说、中篇小说、日记游记、散文杂文、文艺论文和译文杂著（附陆丹林整理之达夫旧诗）六大卷。遗憾的是，这部新的《达夫全集》已经打出校样，却终因形势发展太快而被迫中途搁浅。

主其事的赵景深晚年对此有具体的回忆：

一九四九年我参加第一次全国文代大会时，曾由陈子展陪我去看郭沫若，询问沫若是否可以出《达夫全集》。沫若认为其中黄色描写有副作用，不宜出全集，只能出选集。后来书店都要国营，北新书局合并到四联出版社，再合并到上海文化出版社，因此这部《达夫全集》始终未能刊行。①

果然，共和国成立之后，一九五一年七月北京开明书店出版了丁易编选的一卷本《郁达夫选集》（一九五四年十一月改由人民文学出版社再版），一九五九年六

————————

① 赵景深：《郁达夫回忆录》，《回忆郁达夫》，陈子善、王自立编，长沙：湖南文艺出版社，一九八六年，第二百七十三页。

月，人民文学出版社又出版了冯雪峰新编的一卷本《郁达夫选集》。前三十年出版的郁达夫作品，仅此薄薄的两种而已。

值得庆幸的是，改革开放以后，随着文艺界思想解放，"重写文学史"，较大规模地出版郁达夫作品也重新提上议事日程。广州花城出版社与香港三联书店合作，率先自一九八二年一月至一九八四年五月出版了十二卷本相当于全集规模的《郁达夫文集》。稍后，郁达夫故乡的浙江文艺出版社也陆续推出各种体裁的郁达夫作品集，郁达夫作品搜集、整理和出版开始走上正轨。

一九九二年十二月，在郁达夫逝世四十七年之后，第一部《郁达夫全集》终于问世。由浙江文艺出版社出版的这部《郁达夫全集》分小说、散文、文论、杂文（以上每种各二卷）、诗词、译文、书信、日记共十二卷，其《出版说明》说得很清楚：

本版《郁达夫全集》……收集了郁达夫从事文学创作三十余年来的各类著述（包括翻译作品），按文体分类编年，是迄今最为完备的郁达夫著作汇纂。[1]

———————

[1]　浙江文艺出版社：《出版说明》，《郁达夫全集》第一卷，杭州：浙江文艺出版社，一九九二年，说明页第一页。

　　到了二〇〇七年十一月，浙江大学出版社又推出了新的更为完备的《郁达夫全集》。与浙江文艺出版社版《全集》相比，虽然浙江大学出版社版《全集》仍为十二卷本，却有不少令人惊喜的增补。譬如小说卷，新增了达夫早期的短篇《圆明园的秋夜》，散文卷新增了《上海的茶楼》《看京戏的回忆》等，杂文卷新增了《假使做了亡国奴的话》《战时的文艺作家》等，诗词卷新增了七绝《癸酉夏居杭十日，梅雨连朝》《寄题龙文兄幼儿墓碣》两首，书信卷则新增了早期致孙荃的五通，以及后期致王映霞的《闽海双鱼》《战地归鸿》和致夏莱蒂的《南洋来的消息》等八通，从而为更全面地研究郁达夫提供了新的可能。

　　然而，新的《郁达夫全集》依然不全，郁达夫的集外文仍有发掘的空间。从二〇〇七年至今，九个年头过去了，在现代文学研究者的共同努力下，郁达夫留下的文字，包括杂文、书信、诗词和题词等，都有新的发现。这本《全集补》就是二〇〇七年版《郁达夫全集》出版之后，尚未编辑的郁达夫作品的汇编，是对《郁达夫全集》的补充。

　　不难看出，《全集补》中书信数量最大，竟有二十二通之多。其中郁达夫一九一七年九月廿二日、十月十七日和一九一八年二月一日致孙荃三通，虽浙江大学出版社版《全集》已收，但只是片段，《全集补》均全信收入。杂文有《福建的文化》等三篇，诗词仅《题〈山居集〉》一首，还有《题陈力夫纪念册》等题词四则。需加说明的是，《教育要注重发展"创造欲"》等三篇郁达夫演讲记录稿，由于未经郁达夫本人审定，只能作为附录收入，以供参考。其中《中国新文学的展望》有两篇各有侧重的记录稿，就一并收入供读者比较。窃以为这样做，将有利于郁达夫研究的深入。

这本《全集补》能够编成，应该感谢打捞出这些郁达夫集外文字的有心人，他们中有郁峻峰、陈建军、宫立、汤志辉、朱洪涛、金传胜等，我只是总其成而已，特此说明。

最后，应加说明的是，今年十二月七日是郁达夫一百二十周年诞辰，这本《全集补》的编辑出版，亦可视为对这位天才作家的一个小小的纪念。

二○一六年十一月一日于海上梅川书舍

（原载《全集补》，海豚出版社，二○一六年十二月初版）

说新编《郁达夫游记》

在二十世纪中国文学史上，若论写小说，郁达夫虽然以《沉沦》一举成名，影响很大，毕竟还坐不到第一把交椅，但若论写山水游记，郁达夫应该可以稳坐首位。

郁达夫生前就出版了《屐痕处处》（上海现代书局一九三四年六月初版）和《达夫游记》（上海文学创造社一九三六年三月初版）等书。《屐痕处处》出版时，出版社是这样推荐的：

达夫先生近年来对于文艺作品，极少写作。最近应杭江铁路局通车纪念之邀，旅游浙省中部名胜，山川佳丽，都来笔底，凡成游记文十余篇，都为此集。达夫先生之散文小品，久已脍炙人口，此书尤可推为今年"小品年"之上选。（《现代》一九三四年八月第五卷第四期）

可见当时文坛就对郁达夫的山水游记评价很高。后来的文学史家也认为郁达夫的山水游记把"现代的山水游记创作推向了一个新的高度"（俞元桂主编《中国现代散文史》修订本，山东文艺出版社一九九七年版）。这还不包括郁达夫未能收集而散见于当时各种报刊的大量山水游记。现在《郁达夫全集》中所收录的郁达夫游记，在他的散文创作中占着一个相当突出的位置。不仅如此，在郁达夫的小说和自传（未完成）中，也有许许多多生动的风景描写，郁达夫其实是五四新文学运动初期最早在小说中尝试现代风景描写的。因此，或许可以这样说，如果没有了风景写作，恐怕也就没有了郁达夫。

人类对风景的认知历史可以追溯到很早，中国古典文学史上的山水游记和山水诗也是源远流长。郁达夫在小说《沉沦》中就引用过唐代诗人吴融《富春》"一川如画"的诗句。他的山水游记正是继承了"人文化"和"文人化"的中国山水游记传统,不仅文笔优美,写景细腻,而且多引用历代名家的笔记和游记,多引用古典诗词和联语,也多引用方志和乡邦文献,这些引用又都恰到好处。更难得的是,郁达夫的山水游记中始终有一个有着丰富的风景阅历的作者在,有一个活生生的郁达夫在,这就形成了郁达夫山水游记特别显著的标记,也凸显了郁达夫个人独特的"风景的发现"(日本柄谷行人语)。

郁达夫是浙江富阳人(富阳现已并入杭州市),故乡山明水秀,乡思绵绵不断,所以,郁达夫的山水游记以写杭州和富阳一带为中心,并由此向浙江各地辐射,向大江南北辐射,向国外辐射。他写杭州富阳,写浙东浙西,写苏州扬州,写北京福州,乃至写南洋的槟城和马六甲,都引人入胜,自出机杼。他不但写出了这些所到之处的自然美景,还记录了这些地方当时的风土人情。他带着现代人的眼光,带着受过西方文化洗礼的观察者的眼光来描绘和阐释他所看到的一切,不但让当时也让今天的读者兴味盎然。《钓台的春昼》《故都的秋》《花坞》《西溪的晴雨》《超山的梅花》《江南的冬景》等,也都成了脍炙人口的现代经典名篇。

本书汇集郁达夫各个时期的山水游记，除了过于专门的《黄山札要》等个别篇章限于篇幅未入选外，郁达夫留下的山水游记已荟萃于此矣。一编在手，希望能带给读者以全新的阅读感受和更多的鉴赏启示，正如郁达夫自己所说的，阅读这些游记能"使人性发现，使名利心减淡，使人格净化"（《闲书·山水及自然景物的欣赏》）。

（原载《郁达夫游记》，上海三联书店，二〇一九年十二月初版）

《梁实秋文学回忆录》
增订本序

　　《梁实秋文学回忆录》是我三十一年前的旧编，是我独立编选的第一本书，也是我编的第一本梁实秋文选。而今有机会增订重印，当然甚为高兴，也应该再说几句话。

　　一九八七年十一月三日，梁实秋在台北溘然长逝。这位二十世纪中国文学史上重要的散文家、评论家、编辑家和翻译家，由于一言难尽的复杂的历史原因，在很长一段时间里未能进入内地文学史家的视野。进入"新时期"之后，这种不正常的状况才开始有所改变。但直到他逝世，我才意识到，像梁实秋这样一位文学经历颇为

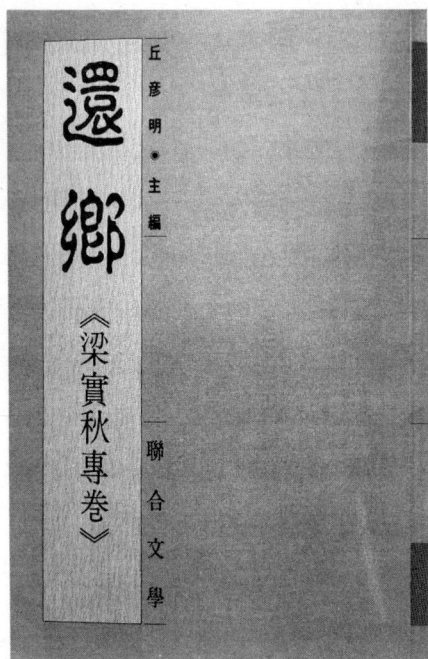

丘彥明◉主編

還鄉

《梁實秋專卷》

聯合文學

一九八七年台湾《联合文学》别册《还乡：梁实秋专卷》

丰富的前辈作家的离去，从某种意义讲，就意味着一座现代文学资料库的永久关闭。

值得庆幸的是，梁实秋生前已经写下了不少文学回忆录，有对自己文学道路的回顾，有对文坛故旧的怀念，有对亲身经历的文学论争和事件的忆述，均具研究价值，有些篇章还文情并茂，置之现代优秀散文之列也并不逊色。因此，我萌生了一个想法，尽可能搜集梁实秋这类文字，编注一本他的文学回忆录，以供梁实秋研究者和中国现代文学研究者参考。

很巧，当时锺叔河先生正在岳麓书社主持"凤凰丛书"。应是锺先生执笔的《〈凤凰丛书〉总序》说得很清楚，这套丛书专印民国以来文史哲方面的"旧籍"和相关回忆录，强调丛书的"宗旨是宽容。着重在史的价值和文的趣味"。梁实秋这些文学回忆录正好符合这两个条件。就这样，我编的这部《梁实秋文学回忆录》有幸得到锺先生的青睐，于一九八九年一月作为"凤凰丛书"第二十一种出版了。这是首先应该说明并再次申谢的。

三十一年来，梁实秋研究已取得了长足的进展。不仅十五卷本的《梁实秋文集》（鹭江出版社，二〇〇二年十月版）早已问世，梁实秋的集外文也不断被发掘，以梁实秋为题的硕博士学位论文也已不知凡几。但是"领读文化"的康瑞峰君认为，《梁实秋文学回忆录》仍有重印的价值。的确，此书初版仅印了二千八百册，读到的人一定不会很多。因此，我同意了他的建议。

梁实秋一生著译甚丰，限于当时的条件和所见，《梁实秋文学回忆录》初版本不可能一网打尽。此次重印，理应增补。增订本新收《辜鸿铭先生轶事》《悼朱湘先生》《关于鲁迅先生》《鲁迅与我》《闻一多在珂泉》《再谈闻一多》《悼念道藩先生》七篇，时间跨度从二十世纪二十年代一直到七十年代。其中，《关于鲁迅先生》是不久前才发现的新的梁实秋集外文。而谈闻一多的文字总共有了三篇，可以继新月社、胡适、徐志摩之后，组成一个新的回忆专辑了。不过，《再谈闻一多》中引用了大量闻一多遇刺后的报道，篇幅冗长，只能略去，好在梁实秋文中均已交代出处，有兴趣的读者可按图索骥。此外，初版本已收的《忆周作人先生》一文，记不清当初是什么原因，附录的周作人信札竟有脱漏，也趁这次重印机会予以补全。

梁实秋确实博闻强记，回忆录许多细节都栩栩如生。但他记忆力再强，数十年前的人和事不可能没有一点记误和出入。因此，《梁实秋文学回忆录》初版时，我根据所查阅到的文字记载，酌加了一些注释，以供读者对照研读。这次重印，根据近年新发现的史料，又对注释做了必要的调整、修订和补充。梁实秋行文有自己的个性和习惯，这次重印也尽可能保持原貌，而对回忆录中出现的众多年份，则采取如下的处理方式：一九四九年前为民国纪年，一九四九年后一律改为公元纪年，特此说明。

希望本书的出版，有助于更全面地认识梁实秋其人其文，有助于更完整地展示梁实秋文学回忆录的史料价值，也有助于更深入地审视中国现代文学史。

当年编选《梁实秋文学回忆录》，得到了香港林真先生和陈无言先生的热情帮助，他们分别寄赠台湾版梁实秋著作，使我的工作得以顺利进行。时光飞逝，三十一年过去，两位前辈已先后谢世，我也已垂垂老矣。故趁这次重印的机会，再次对他们表示我深切的怀念。

二〇二〇年三月三十日于海上梅川书舍

《静农佚文集》增订本
编后记

二十五年前，联经出版公司在台湾出版了秦贤次先生与我合编的《我与老舍与酒：台静农文集》。此书曾经重印，可见受到了台湾读者的欢迎。廿五年后的今天，联经出版公司又重新出版此书的修订增补版，并改书名为更确切的《静农佚文集》，作为编者之一的我，当然感到由衷的高兴。

《静农佚文集》初版时，我在《编后记》中说：

六年前，台湾《联合文学》杂志在出版"台静农专卷"时，称许台静农先生是中国"新文学的燃灯人"，这句话说得形象、生动，也很恰切。回顾五四以来的中国新文坛，台先生不但是二十年代乡土文学的重要代表，为鲁迅所赏识，与王鲁彦、许钦文等齐名，而且三十年代以降，台先生在散文小品和学术论著的撰述上也颇多建树，卓然一家。

但是，台先生的前期作品，除了《地之子》《建塔者》两本短篇小说集之外，大部分未能结集。这是台先生留给后来者的一笔宝贵的文学遗产，自有其审美或史料的价值，如果任其湮没，未免可惜。基于这种认识，我和秦贤次先生隔海合作，钩沉索隐，锐意穷搜，费时三载，终于编成这本台先生的佚文集。遗憾的是，台先生本人已不及亲见了。

台静农先生是二十世纪中国最具代表性的乡土小说作家之一，他的散文和学术论著同样也是独树一帜，影响深远，这是我对台先生文学和学术成就的基本看法，至今没有改变。正是从这个观点出发，我当年与秦先生合作编选了这部台先生佚文集，也正是从这个观点出发，今天重印这部台先生佚文集，窃以为具有更全面更充分地为台先生在二十世纪中国文学和学术史上定位的重要意义。

重印台先生这部佚文集，有两点应向读者说明：

一、佚文集增补了新发现的台先生两篇集外文。一篇是《一九三〇年试笔》，发表于一九三〇年三月二十日北平《新晨报》副刊，这是我的好友赵国忠先生在查阅二十世纪三十年代初旧报刊时偶然发现提供给我的。已知台先生在一九三〇年只发表了两首新诗，这篇随笔的重见天日，正可填补他这一年创作的空白。另一篇是我在一九四八年十月上海《青年界》新六卷第二期上找到的短文《许寿裳先生》。许寿裳先生当年在台北遇害，是中国文化界的一个不幸事件。台先生在这篇短文之前已写了充满深情的悼念文字《追思》，分别在台北和上海两地发表，没想到他还写了这篇《许寿裳先生》，足见他对许先生遇害之痛心疾首。

二、佚文集这次重印，仍分为小说、散文、序跋、剧本和论文五辑，每辑文章按发表时间先后编排。全书采用了舒适易读的新版式。更有必要指出的是，所有文章均重新做了校订，纠正了初版的错讹字，引用文字也据原典做了仔细校勘，从而使全书的讹误降至最低。

二十五年前编集此书时，曾向支援和帮助我们工作的台先生生前好友舒芜先生，以及卢玮銮、严恩图、陈元胜和张伟先生致谢。光阴似箭，现在舒芜先生也已谢世了。谨此再向卢、严、陈、张四位和国忠先生谢过。

毫无疑问，最后应向刘国瑞先生合十致谢！他一直十分关心台先生作品的搜集整理，佚文集的重印，有赖于他的热情倡议。同时，也应感谢林载爵先生、胡金伦先生和责任编辑陈逸华先生。逸华先生是爱书人，喜欢台先生的作品，《静农佚文集》的重印是我们一次成功的合作。

二〇一七年六月十五日于海上梅川书舍

（原载《静农佚文集》增订本，台北联经出版公司，二〇一八年三月初版）

《比亚兹莱在中国》编者跋

　　《比亚兹莱在中国》的编选十年前就已经开始了，起意则更早，可追溯到二十年前，即一九九七年秋我访学日本之时。在日期间，有幸观赏了比亚兹莱美术大展，这个展览集中了英国及世界各地的比亚兹莱画作收藏机构和收藏家的藏品，琳琅满目，筹备达数年之久。第一次见到那么多比亚兹莱插画的原作，惊艳之余，我的编书瘾再次发作，萌生了编选一本比亚兹莱画集的想法。当时萌生的另一个想法是编选一本日本插画家竹久梦二的画集，这个意愿已在七年前先期实现了。

　　回国后一直忙乱，又发现比亚兹莱的画已经陆续介绍到国内，而且颇具规模，因此，大可不必再重复劳动。于是我改变想法，决定另辟蹊径，编一部角度新、史料新的关于比亚兹莱的图文集，那就是现在呈现在读者面前的这本《比亚兹莱在中国》。

我希望通过这本书，尽可能地展示比亚兹莱进入中国的漫长历程。尽管比亚兹莱在英国和世界上也有相当的声名，但他在中国受欢迎受重视的程度显然是更为显著的，产生的影响也是十分深远的。这当然与鲁迅、田汉、郁达夫、叶灵凤等众多新文学名家的大力宣扬相关。共和国成立以后，比亚兹莱的画仍能编选推介，恐怕也与得到鲁迅肯定有莫大的关系。相比之下，对比亚兹莱其人其画，美术界的反响反而不那么热烈。如何评价这种有趣的文化现象，自然可以见仁见智，事实上以比亚兹莱为题的硕士、博士学位论文也都已产生。但是，原始史料的发掘和整理，却是无论如何不可或缺的，这也是我编选本书的初衷，至于本书是否能够承担或至少部分承担这个使命，还有待读者的检验。

本书编入一九二〇年至今将近一百年内在中国发表的与比亚兹莱有关的各种诗文，以发表时间先后编排，且均悉依原貌。如一位作者入选作品不止一篇，则合并排列，依最先发表者为准。编选原则为"远宽近严"，也就是说比亚兹莱进入中国初期和中期的介绍文字不论详略，尽可能收入，而二十世纪九十年代以来的则有所选择。限于篇幅，郁达夫、梁实秋、滕固以及李欧梵诸文只能节选。个人所见毕竟有限，本书遗珠之憾一定难免，恳盼读者批评和补充。

"十年磨一剑"这句名言，可以成为我长期未能编定此书的一个堂皇的理由。但此书确实拖延太久了，清样到我手中也已有数年，一些入选大作的作者可能都已忘了此事。而今终于得以面世，与郑勇兄"无限地耐心等待"是分不开的。我衷心感铭，只能说谢谢，再谢谢！

今年是比亚兹莱逝世一百二十周年，就以这本《比亚兹莱在中国》的出版，作为一个小小的纪念吧。

二〇一八年九月五日于海上梅川书舍

（原载《比亚兹莱在中国》，生活·读书·新知三联书店，二〇一九年四月初版）

跋

　　董宁文兄主编的"开卷"丛书系列，从"开卷文丛"到"开卷书坊"，拙著两种有幸入选，即"开卷文丛"第三辑中的《探幽途中》和"开卷书坊"第三辑里的《自画像》。而今，"开卷书坊"又要推出第九辑了。承宁文兄不弃，再次命我加盟，于是就一而再再而三，有了这本新编的《梅川序跋：关于中国现代文学》。

　　《梅川序跋》收入我二〇一五年以来所写的各类关于中国现代文学的序跋文字。分为两个部分，第一部分是为他人（包括前辈、同行和学生等）的著编所写的序引；第二部分是为自己的著编所写的序跋。有的序引后来因故未能刊用，也一并收在这里，录此存照。

这五年来，我对中国现代文学史的一些新的思考，一些新的查证，从这本《梅川书跋》里应可看到一二。通过序跋这种文章形式表达自己的若干发现和见解，也是一种有意思的尝试，期待读者的批评。

早在二十世纪九十年代，我就与文汇出版社有过愉快的合作。这次再续前缘，应向周伯军兄和责编鲍广丽女士致谢。

是为跋。

二〇二〇年五月三日于海上梅川书舍

策　划
―――――
宁孜勤

主　编
―――――
董宁文